AGENCE ARKHAM

COLLECTION DIRIGÉE PAR FRANCIS VALÉRY

ISBN 2-87795-093-X

Les messagers de Saumwatu

Dans la même collection :

Le Nombril du Monde — Roland C. Wagner

La bête de Mœbius — Pascal Guillaumes

Du même auteur chez le même éditeur :

dans la collection "Le guide du téléfan" :

Les Envahisseurs

Thunderbirds, une utopie ambiguë

Le Prisonnier, retour au village

V, l'autre guerre des mondes

Aux frontières du réel, une mythologie moderne
volume 1 : La chute des anges

Aux frontières du réel, une mythologie moderne
volume 2 : L'appel des étoiles

Aux frontières du réel, une mythologie moderne
volume 3 : L'envers du monde

en collaboration avec Philippe Paygnard :

L'année des séries, tome 1 : 1993

L'année des séries, tome 2 : 1993-94

en collaboration avec P. Paygnard et P. Marcel :

Superhéros en séries

dans la collection "Héros" :

Bob Morane

Le Saint

sous le pseudonyme de Kevin H. Ramsey :

La nuit, tous les martiens sont verts

Francis Valéry

Les messagers de Saumwatu

DLM
POCHE

Prologue

Mer de Banda, 1796.

– Activez ! Activez ! cria l'homme qui commandait la manœuvre.

La dernière des trois chaloupes s'était arrimée contre le flanc de *La Gaillarde*. Les marins restés à bord hissaient l'une après l'autre les caisses de bois emplies des objets découverts par les explorateurs.

– Prêtez-leur main forte ! ordonna-t-il aux équipages des deux premières chaloupes, qui regagnaient le pont après avoir descendu dans les cales du navire le butin déjà embarqué.

– Sauf celles-ci ! aboya l'homme en désignant les cinq caisses courtes et étroites. Elles vont directement dans la cabine du capitaine.

Sur le pont arrière, le chevalier de Kervadec observait l'île qu'il venait de quitter. Elle s'était couverte d'un panache de brume qui s'écoulait peu à peu en direction de la plage.

Les hommes s'activèrent à la manœuvre. Le chevalier avait ordonné que l'on s'éloigna au plus vite de ces rivages incertains.

Soudain, alors que l'on s'apprêtait à lever les ancres, un bourdonnement sourd naquit dans l'air poisseux, surchargé d'humidité. Il gagna rapidement en intensité. Les hommes se plaquaient les mains sur les oreilles. Certains s'effondrèrent sur le pont en gémissant.

Kervadec lâcha sa longue-vue et tomba à genoux contre le bastingage.

Un disque lumineux était apparu au-dessus de l'île, large comme plusieurs navires alignés proue contre poupe. Une colonne aveuglante naquit de la base de ce vaisseau des airs et frappa en son centre l'île dont les contours se brouillaient.

– Le feu du Ciel… murmura Kervadec. Le feu du Ciel…

Puis il perdit connaissance.

Dans sa cabine, extraits de leurs sarcophages de bois et sagement alignés sur son bureau, comme il l'avait ordonné, les cinq Messagers des Dieux s'étaient éveillés, leurs yeux de jade animés d'un étrange éclat…

Chapitre 1

Le crissement des freins attira l'attention des deux policiers municipaux, postés au pied de la monumentale volée de marches menant au hall d'entrée du musée d'Aquitaine. De quoi parlaient-ils ? Du beau temps que l'on désespérait de voir venir : avril et mai avaient été pourris, juin commençait tout de même un peu mieux, pourvu que ça dure. Des officiels et de leurs invités qui, tout au long de la matinée, avaient gravi ces mêmes marches, en un défilé incessant de costumes impeccables et de toilettes dignes de la sortie de la grand messe du dimanche. Du petit dernier d'un de leurs collègues qui ressemblait déjà à son auguste géniteur, en espérant que le pauvre gamin n'hériterait pas du pif de son père. Bref, ils parlaient de tout et de rien. Surtout de rien.

Un véhicule venait de s'immobiliser au bord du trottoir. Une grosse Mercedes d'un bleu métallisé devant lequel on pouvait se repeigner et ajuster son nœud de cravate, équipée d'un spoiler et de jantes à rayons façon sport, et surmontée d'une galerie chromée qui étincelait sous le soleil. Un des policiers s'avança, quittant à regret l'ombre rafraîchissante de l'un des marronniers fichés dans le bitume du large trottoir, tout au long de la façade du haut bâtiment. « Une caisse de frimeur… » murmura l'homme en bougonnant. Il allait signifier au chauffeur d'aller se garer plus loin, car le stationnement était ici interdit, en particulier en ce jour d'inauguration, lorsqu'il aperçut, fixée sur l'une des barres de la galerie, la petite enseigne lumineuse annonçant : TAXI, accompagnée de l'habituelle triade de voyants lumineux. La portière arrière de la Mercedes s'ouvrit alors, dévoilant une paire de jambes dénudées qui captèrent l'attention du policier. En connaisseur, l'homme ne put s'empêcher d'émettre un léger sifflement d'admiration. Une jeune femme sortit du taxi. Mise en valeur par une robe noire moulante, son anatomie toute entière méritait le détour, pas seulement ses jambes fines et longues, perchées sur des chaussures à talon. « C'est vrai qu'elle aurait pu faire mannequin ! » se dit le policier en reconnaissant mademoiselle Perez. Elle aurait pu, certainement. Si elle n'avait pas déjà poursuivi une brillante carrière "dans le culturel" comme se plaisaient à le noter les chroniqueurs de la presse locale.

Profitant du passage au rouge du feu tricolore installé au coin du bâtiment, et donc de l'arrêt temporaire du flot incessant de véhicules remontant le cours Victor-Hugo, en provenance des quais et des banlieues populaires de la rive droite, le taxi s'arracha du trottoir à toute allure et franchit en un clin d'œil les trois voies désertes, avant de disparaître derrière la cathédrale. Quelques secondes plus tard, la chaussée était recouverte de voitures descendant cette fois du cours Pasteur, en provenance de la place de la Victoire. Situé en plein centre ville, dans les locaux de l'ancienne faculté des lettres, le musée d'Aquitaine était en permanence plongé au cœur d'une circulation démentielle et malodorante.

Sandra Perez se dépêcha de gravir les escaliers, sous l'œil toujours aussi attentif de Léon Etchegaray. La sémillante conseillère aux affaires culturelles auprès de monsieur le Maire ignora, avec un naturel déconcertant, la présence de ce simple policier municipal dont le salut aussi courtois que réglementaire n'obtint pas le moindre succès. L'élégante damoiselle n'avait probablement pas le temps d'accorder ne fût-ce qu'un imperceptible signe de la tête à l'homme entre deux âges qui l'observait sans cacher son admiration. Manque de temps, disions-nous. Ou déficit en bonne éducation. Difficile à dire…

Après que la conseillère, parvenue en haut de la volée de marches, se fut engouffrée entre les battants largement ouverts de la porte principale, le second policier s'approcha d'Etchegaray et lui fit remarquer :

– C'est pas la politesse qui l'étouffe ! Cette pouffe !

– Non… admit Etchegaray, avant d'éclater de rire et d'ajouter : je ne savais pas que tu faisais des vers !

– Moi, des vers ? s'étonna Lucien Dastarac, avant d'éclater de rire à son tour et de répéter à plusieurs reprises : qui l'étouffe… cette pouffe…

Plusieurs membres de la police municipale se tenaient de chaque côté de la porte principale, examinant avec discrétion mais attention toute personne se présentant dans le hall du musée. Dans leurs costumes étriqués, un couple d'appariteurs recueillaient les cartons d'invitation. Au centre du hall, derrière le bureau d'accueil circulaire, plusieurs personnes portant l'uniforme martial du personnel du musée attendaient on ne sait quoi. Enfin, çà et là, des gardiens à l'air important se tenaient devant les accès aux salles permanentes, fermées en ce samedi matin, pour cause d'inauguration de l'exposition temporaire. Des tables recouvertes de nappes blanches étaient alignées parallèlement au mur de droite. Une armée de serveurs vêtus de vestes blanches et de pantalons noirs, y entassaient des plateaux débordant d'amuse-gueule colorés et de gâteaux miniatures. Une superposition de casiers emplis de verres à pied était appuyée contre le mur. Ignorant le petit personnel qui la saluait pourtant au passage, Sandra Perez traversa d'un pas rapide tout le hall d'entrée et s'engouffra dans l'étroit couloir qui longeait les vitrines de la librairie du musée. Elles donnaient à celle-ci un petit air d'aquarium en ce moment désert, mais qui ne manquerait pas de se peupler dans les prochaines semaines de touristes rougis portant short et chapeau informe, de hordes de Nippons bardés d'appareils photos, de groupes de jeunes Allemands blonds et démesurés, couverts de sacs à dos débordant de bouteilles d'eau minérale en plastique. Chaque année, à l'approche de l'été, la librairie se transformait lentement en aquarium exotique.

Au bout du couloir, au pied d'une courte volée de marches conduisant à la salle des expositions temporaires, un chevalet était couvert d'une plaque de contreplaqué sur laquelle on avait punaisé une affiche. Sandra Perez tiqua en apercevant le bricolage. Elle se promit de demander au conservateur à quoi servaient les fonds alloués par la mairie pour aider au financement des expositions temporaires. Tout de même ! Ils auraient pu faire fabriquer des panneaux signalétiques un peu plus élégants ! Miss Culture (auprès de monsieur le Maire) s'approcha du panneau et reporta son attention sur l'affiche. Elle représentait pour l'essentiel une statuette aux traits à peine esquissés, sculptée dans une matière d'un noir profond, à l'exception des yeux : des éclats de pierre d'un vert lumineux et translucide. Le texte au-dessus de la photo annonçait : « Voyage à l'Ile de Saumwatu ». Un sous-titre précisait : « Exposition temporaire du 1 juin au 30 septembre ». Sous la photo on pouvait encore lire en italiques : *La plus grande énigme archéologique du XIXe siècle*. Mademoiselle Perez prit un peu de recul. Ce dernier argument lui paraissait manquer de sérieux. D'abord parce que l'île avait été découverte en 1796 – donc, si l'on voulait être correct, au *XVIIIe siècle*. Ensuite parce que le musée n'avait pas vocation d'exploiter la crédulité populaire. Le bas de l'affiche créditait pour leur collaboration, en petits caractères, un certain nombre d'organismes. Elle vérifia la présence de ses propres services, constatant qu'au moins sur ce plan, l'affiche était conforme à la maquette qu'elle avait demandé à examiner quelques mois plus tôt. Elle se promit de faire également part au conservateur de ses regrets de voir le mot “énigme” occuper une telle place dans la stratégie de communication du musée. Puis elle grimpa les quelques marches, ignora le petit personnel du vestiaire, de faction à la surveillance des manteaux laissés par ces messieurs-dames, s'approcha de la rangée de dos qui lui barrait le chemin au moment où monsieur le Maire en personne prononçait les derniers mots de son discours inaugural. Sandra Perez ne put s'empêcher de penser, qu'en tant que conseillère aux affaires culturelles, ils auraient pu l'attendre.

La foule s'ébranla doucement, dans le sillage d'un petit groupe de personnalités. Suivi de près par la garde rapprochée des adjoints de sa majorité, monsieur le Maire ouvrait la marche. L'homme un peu gras qui transpirait à ses côtés n'était autre que l'Ambassadeur d'Indonésie, venu spécialement de Paris. L'île de Saumwatu, toute virtuelle qu'elle fût, appartenait en effet sans la moindre contestation possible à la République d'Indonésie. Monsieur le conservateur et divers représentants de la presse en odeur de sainteté auprès de la mairie, complétaient l'aréopage des courtisans.

Sandra Perez tenta en vain de s'infiltrer dans le peloton pour rejoindre le groupe de tête, ses "pardon !" et ses "excusez-moi !" s'avérant d'une inefficacité notoire. Entre elle et le Pouvoir, il y avait cette fois encore quelques dizaines de personnes de trop. Pour ne pas changer.

Pour monsieur le conservateur du musée d'Aquitaine, l'heure de gloire était arrivée ! Gilbert Rongier savourait l'instant présent. Et l'instant durait. Il s'étirait en une manière d'éternité nirvanesque dans laquelle flottait le conservateur. Béat et comblé. La fine fleur de la communauté culturelle régionale était réunie en ces lieux, agglutinée à la traîne de monsieur le Maire et de son invité extraordinaire, monsieur l'Ambassadeur d'Indonésie. Les deux hommes avaient été mitraillés par une nuée de photographes. Les meilleurs clichés – ceux présentant le bon profil du Maire – figureraient en bonne place dans toutes les éditions de *Sud-Ouest* dès le lundi. D'autres illustreraient la rubrique consacrée aux faits et gestes de monsieur le Maire dans les publications gratuites éditées à la gloire de l'équipe municipale. Gilbert Rongier avait fait de son mieux pour serrer au plus près l'Ambassadeur ou le Maire, histoire d'accroître ses chances de figurer sur les clichés. Il espérait enrichir son press-book de quelques nouvelles découpes. Monsieur le conservateur s'aimait bien. Il s'estimait agréable et sympathique. Il l'était, d'ailleurs. Oui, c'était vraiment une belle matinée de juin, ensoleillée et gaie. Et l'absence de la mère Perez faisait figure de cerise au sommet d'un gâteau déjà particulièrement savoureux. Cette salope avait dû oublier de remonter son réveil, pensait le conservateur. A moins qu'elle n'eût passé la nuit à se trémousser sur des musiques de sauvage. Gilbert Rongier avait appris par certaines indiscrétions que la conseillère culturelle fréquentait régulièrement les boîtes de nuit africaines ou antillaises, nombreuses à Bordeaux, la ville ayant toujours manifesté un penchant certain pour la négritude. Ses plus respectables familles n'avaient-elles pas bâti leur fortune sur le commerce triangulaire du bois d'ébène ?

Aucun doute. Gilbert Rongier était, après ses deux illustres invités, la vedette du jour. Il ne le demeura pas très longtemps. Son heure de gloire s'acheva à l'instant précis où le trio de tête du cortège pénétra dans la petite salle centrale, aménagée à l'aide de cloisons mobiles, véritable saint des saints au cœur duquel, dans sa vitrine de verre sécurit protégée par les systèmes les plus modernes et les plus dispendieux, trônait sur un socle de bois vernis la figure d'ébène et de jade de Wandinogko, l'un des cinq Messagers des Dieux de la légendaire île de Saumwatu. Du moins selon les légendes transmises depuis le commencement des temps, de génération en génération, par les habitants des îles de la mer de Banda.

Sauf que Wanginogko avait mis les voiles…

Et tandis que la police – la vraie cette fois – investissait les lieux, prenait position autour de la vitrine désertée, procédait aux premiers interrogatoires, traquait la moindre empreinte et le plus petit indice, Luc Picherit se tenait à l'écart et observait. Posté en embuscade, son carnet de notes dans une main, son crayon dans l'autre, le jeune journaliste attendait l'instant propice pour fondre sur sa proie. Il aperçut bientôt poindre à l'horizon une casquette réglementaire, dérivant à la surface agitée d'une mer de mises en plis permanentées et de tignasses frictionnées au Pétrole Han. Profitant d'une éclaircie dans la foule, il tenta d'identifier le propriétaire de l'accessoire, reconnut avec plaisir la moustache qui s'étirait à l'horizontale, à une quinzaine de centimètres en dessous de la ligne de flottaison du couvre-chef. Luc Picherit respira un bon coup et se jeta à la mer. En quelques brasses vigoureuses, il se retrouva nez à nez avec André Bezos. Le gardien le reconnut à son tour et lui serra la main.

– Alors, monsieur Bezos ? Quelle histoire ! attaqua le reporter.

– A qui le dites-vous, monsieur Picherit... A qui le dites-vous...

– La police vous a interrogé ?

– Non. Pas encore. Je suppose que mon tour viendra. Mais je n'ai pas grand chose à dire à ces messieurs.

– Ah bon !

– Quand je suis arrivé ce matin, j'ai fait mon petit tour. Par acquis de conscience, si l'on peut dire.

– Alors ?

– Eh bien... la vitrine était déjà vide.

– Et vous n'avez rien dit ?

– Dire quoi et à qui ? Vous savez, monsieur Picherit, cela arrive souvent que des objets soient retirés d'une exposition, ou ajoutés, juste avant le vernissage. On n'expose jamais tout à la fois.

– Même pour les expositions temporaires ?

– Même. Il y a là des pièces que monsieur le conservateur a fait venir spécialement, mais aussi des objets provenant des collections de la salle Pacifique du musée. Et d'autres qui étaient dans nos propres réserves.

– Je comprends... acquiesça Luc Picherit, en griffonnant quelques notes sur son calepin. Donc la statuette a été volée pendant la nuit ?

– Probablement.

– Il n'y a pas de surveillance ?

– Bien sûr que si ! Mais le musée est grand et nous manquons de personnel... répondit André Bezos en se gratouillant la moustache.

Sous l'honnête gardien de musée, on sentait poindre le délégué syndical.

– Vous croyez que la direction va nous faire des histoires, monsieur Picherit ?

– Je ne sais pas.

Si l'on accédait le plus souvent au musée d'Aquitaine par la monumentale volée de marches en pierre de taille, on pouvait à l'occasion en sortir avec une certaine discrétion par une porte vitrée située à l'extrémité de la façade, et qui donnait directement sur le trottoir. Elle constituait d'ailleurs l'accès logique aux expositions permanentes qui se tenaient dans des locaux récemment aménagés, dans le prolongement et à l'arrière du bâtiment principal.

Armés d'impressionnantes paires de lunettes de soleil et de talkie-walkie grésillants, deux agents de sécurité en costume sombre apparurent sur le pas de la porte. Très professionnels, ils jetèrent un coup d'œil à l'extérieur, aussi rapide que précis. Sous l'ombre de son marronnier, Léon Etchegaray les observait avec amusement. Il avait décidé une fois pour toutes que les gorilles de monsieur le Maire s'appelaient Bob ou John. Féru d'ufologie, il les appelait "les hommes en noir", surnom donné aux agents du FBI impliqués dans le complot gouvernemental visant à nier l'existence des extraterrestres, et dont le rôle est de terroriser les témoins pour leur faire oublier ce qu'ils ont vu. Etchegaray n'était pas spécialement paranoïaque. Seulement bien informé.

Bob – à moins que ce ne fut John – leva son talkie-walkie et cracha quelques mots. Presque aussitôt une Renault Safrane noire quitta l'aire de stationnement située de l'autre côté de la rue, protégée dans sa manœuvre par deux motards qui bloquaient la circulation. La Safrane traversa les trois voies, grimpa sur le trottoir. Encadré par ses Neanderthaliens, monsieur le Maire apparut à son tour, en proie à une vive agitation. Léon Etchegaray qui s'était avancé crut entendre : "Quel connard ce Rongier ! L'aura de mes nouvelles…", juste avant que monsieur le Maire ne disparaisse à l'arrière de sa voiture de fonction aux vitres blindées, qui démarra sur les chapeaux de roue, immédiatement rejointe par les deux motards.

Lucien Dastarac s'approcha de son collègue et lui glissa à l'oreille :

– Y en a qui vont se faire souffler dans les bronches…

C'était une belle fin de matinée, au tout début du mois de juin. Le patron du sex-shop mitoyen au musée prenait le soleil devant sa boutique et sifflotait avec insouciance. Entrée dans le musée une heure plus tôt par la grand porte, Sandra Perez en sortit à son tour par la petite. Le Pouvoir avait une fois de plus pris ses distances avec la sémillante conseillère aux affaires culturelles. Un peu plus bas, dans la direction de l'hôtel de ville, les flèches de la cathédrale Saint-André se découpaient sur un ciel d'un bleu sans nuage. Au sommet de la proche tour Pey-Berland, une immense statue de la Vierge Marie présentait son dos de pierre, peut-être pour ne pas apercevoir la vitrine du sex-shop.

– Ça c'est sûr, acquiesça Léon Etchegaray. Y en a qui vont se faire souffler dans les bronches…

Chapitre 2

Une délicieuse odeur de moutarde chaude s'échappait par la porte grande ouverte de la cuisine. Elle venait flatter les narines de Charles Bernstein, mollement allongé sur une chaise longue. Le vieux châtelain avait décidé de profiter du soleil. C'est qu'il s'était fait attendre, le bougre ! L'hiver n'avait pas été spécialement rigoureux, mais il avait plu presque chaque jour. Quant au printemps, on ne s'était pas encore aperçu de son arrivée. Heureusement que juin se présentait sur le bon pied ! « Croisons les doigts et touchons du bois pour que cela dure ! » s'était exclamé Charles, en dépliant la chaise longue avant de l'installer sur la terrasse empierrée qui courait le long de la dépendance : un bâtiment annexe, sans étage, collé au corps principal. Du temps où le château se dressait au centre d'une exploitation agricole, les femmes y moulinaient la chair à saucisse et préparaient les bottes d'asperges. Dans les années soixante, Charles avait fait transformer cette ancienne souillarde en un compromis de cuisine et de buanderie.

Le soleil était déjà haut. A vue d'astre, on approchait des onze heures. Un lézard paressait contre la façade de pierre tiède. Charles l'aperçut et cela fit naître un sourire sur ses lèvres. Il tendit doucement le bras (il ne voulait pas effrayer l'animal) pour ramasser le *Sud-Ouest* du jour que Germaine avait monté au château, comme chaque matin. Charles négligea les informations générales : il y avait la radio et la presse nationale pour cela ; il se rendit directement aux actualités locales. Un bandeau titre occupait tout le haut d'une page, s'exclamant : "Disparition mystérieuse au Musée d'Aquitaine !". Le vol commis l'avant-veille était détaillé sur plusieurs colonnes, dans un article de Luc Picherit. Une signature familière. Son neveu avait connu ce journaliste lorsque lui-même travaillait au quotidien régional. Avant de monter l'Agence. Salomon était resté en contact avec son ancien confrère qui était d'ailleurs passé au château deux ou trois fois.

Un torchon à la main, Germaine apparut sur le pas de sa cuisine.

– Alors, monsieur Charles, quelles bêtises raconte le journal aujourd'hui ?

– Pas grand chose, Germaine. Pas grand chose. Mais dites-moi, ce que vous nous préparez sent bien bon.

– Ah mais, j'espère bien ! Et aussi que ça sera aussi bon à manger que ça en a l'odeur !

– Je dirais… un lapin à la moutarde ?

– Oh mon Dieu, non ! Vous n'y pensez pas, monsieur Charles. Notre petit Salomon ne mange pas de viande. Vous le savez bien !

– Ouais… grommela Charles.

Salomon avait effectivement la réputation d'être végétarien. Ce qui ne l'empêchait pas d'engloutir à l'occasion un poulet rôti.

– Non, non, non ! Je vous ai préparé une belle alose à la moutarde. Notre petit Salomon va se régaler.

– Vous avez raison, Germaine. C'est vrai que le poisson, ce n'est pas de la viande…

Insensible à l'humour de Charles – après tout, le poisson n'est effectivement pas de la viande – Germaine rejoignit ses fourneaux pour s'assurer du bon déroulement des opérations culinaires dans lesquelles elle était engagée. Charles en profita pour se replonger dans l'article de Picherit. Le gamin y allait fort. Sa description de la déconfiture du conservateur à l'instant de la découverte du forfait, valait le détour. Ce gosse avait un joli brin de plume, mais il finirait par se faire virer du journal, pensa Charles. A moins qu'il ne donne sa démission en premier : il avait trop de talent (et d'insolence !) pour espérer faire carrière dans le journalisme.

Un grognement rauque et éraillé retentit à cet instant, venu de l'autre côté des bosquets d'érables negundos plantés par Salomon trois ans plus tôt, à titre expérimental. Cela évoquait à la fois l'appel amoureux du cochon en rut, le soulagement de l'évier empli d'eau croupie au moment de l'éjection dans la canalisation principale d'une boulette de déchets coincée dans le siphon, et le cri d'agonie d'une boîte à vitesse laissée un instant entre les mains de Salomon. Gérard pointa sa truffe entre les troncs déjà bien formés de deux negundos. Il poussa un second jappement : une nouvelle boulette se décoinça du siphon – Charles se promit de transformer en jambons et boudin le prochain goret en chaleur qui s'aventurerait sur ses terres. Pauvre Gérard ! Dix-neuf ans aux fraises. Une patte folle et le poil vagabond. La queue frétillante (son seul organe en assez bon état de fonctionnement) le chien se précipita avec lenteur vers Charles, suivi du reste de la ménagerie : Salomon ouvrait la marche, Albert le corbeau était perché sur son épaule, Georges le chat trottinait en arrière-garde.

– Ça va, mon oncle ? demanda Salomon.

– Aussi bien que possible, fils.

Salomon renifla bruyamment.

– Je parie que tatie Germaine nous a préparé une alose à la moutarde ! dit-il.

Charles le trouva désespérant. Pourquoi Salomon avait-il *toujours* raison ?

– Tu as lu le journal, ce matin ?

– Non. Nous sommes partis en ballade avant l'arrivée de tatie Germaine.

– Une statuette a été volée au musée. Juste avant l'inauguration de leur nouvelle exposition temporaire.

– Zut !

Salomon se tapa sur le front. Avec pour effet immédiat de provoquer l'envol d'Albert qui alla se poser sur le sol, près de Gérard, étendu au soleil, contre la chaise longue. Posé sur son cul, Georges observait d'un air intéressé le lézard, toujours collé à la façade de l'ancienne souillarde.

– Ah, c'était avant-hier. Je me suis trompé d'une semaine. Je comptais pourtant y aller.

– Ton ami Picherit a fait un papier marrant. Tiens ! dit Charles en tendant le journal à son neveu.

Salomon sortit ses lunettes de la poche de sa chemise ouverte. Une bedaine peut-être un peu rebondie surgissait entre les deux pans de la chemise, taquinés par une petite brise rafraîchissante qui venait de se lever. Un slogan new age ornait le T-shirt moulant et affirmait : "Nous ne sommes pas seuls". Salomon ajusta ses lunettes et commença à lire l'article. Ayant compris qu'il ne parviendrait pas à hypnotiser le lézard pour qu'il se place de lui-même à bonne portée de griffes, et beaucoup trop économe de sa personne pour tenter de lui sauter dessus par surprise, Georges se détourna du hors-d'œuvre virtuel. Il bailla longuement et s'étira avant de se laisser tomber sur le flanc. Cinq secondes plus tard, il ronflait.

Salomon s'était plongé dans la relation de la disparition de la statuette. Nulle part l'auteur n'avait précisé le nom du Messager représenté. Peut-être l'ignorait-il. A moins que sa direction n'eût jugé le détail sans intérêt. Salomon ponctuait sa lecture de brefs commentaires : "J'aurais dû m'en douter" s'exclama-t-il à un moment, avant d'ajouter sur le ton de la confidence : "Oui, c'est évident…". La conclusion de l'article évoquait l'existence probable d'un gang de malfaiteurs spécialisés dans les vols d'œuvres d'art, et opérant dans les musées, les galeries d'art ou les collections particulières insuffisamment protégées. La police paraissait d'ailleurs privilégier cette possibilité. Le marché de beaux objets à l'origine douteuse était une activité très lucrative, générant un chiffre d'affaires colossal. Les voleurs bénéficiaient de complicités dans le monde entier et d'un vaste réseau de receleurs et de "clients" peu curieux quant à l'origine des pièces qu'ils se voyaient proposées.

– Ils font fausse route, remarqua Salomon en rendant le journal à son oncle. C'est l'effigie de Wanginogko qui a été subtilisée. Un des Messagers des Dieux…

– Picherit ne le précise pas. Mais la description qu'il donne de la statuette, d'après l'affiche de l'exposition, ne laisse planer aucun doute. C'était la plus belle pièce parmi toutes celles exposées. Ceux qui ont fait le coup ont du goût ! Et ils sont bien informés !

– Je ne crois pas qu'il s'agisse d'une banale affaire de vol d'œuvre d'art, mon oncle. Je pense qu'il s'agit de quelque chose de bien plus grave.

– Explique-toi, fils !

– Eh bien…

Salomon s'installa à même la bande de pelouse qui séparait le château et ses dépendances de la dizaine d'hectares de forêt touffue qui les entourait. Pour autant que le terme de pelouse eût convenu à l'étendue d'herbe folle, ponctuée çà et là de touffes de petites fleurs sauvages. Charles se promit de sortir la tondeuse du garage. Un de ces quatre matins. Salomon s'assit en tailleur. D'un coup d'aile, Albert en profita pour venir se reposer sur son épaule.

– Eh bien… reprit Salomon, te souviens-tu de cet article dans *L'Archéologie Mystérieuse* dont je t'ai parlé, il y a quelques semaines ? A propos du vol d'un autre Messager.

– Très bien ! s'exclama Charles.

Le vieux châtelain se flattait de posséder une mémoire de jeune homme – même si l'expérience montrait qu'il ne fallait pas hésiter à lui répéter les choses plusieurs fois. En tout cas, ses facultés déductives n'étaient en rien entamées par l'âge. Il comprit aussitôt où Salomon voulait en venir.

– Si c'est ce que tu crois, fils… ajouta-t-il en hochant la tête.

– Il appartenait à une collection privée, en Grande-Bretagne. Les voleurs n'ont pris que cela : la statuette de Masonipa, l'un des cinq Messagers rapportés par le chevalier Kervadec après sa découverte de l'île de Saumwatu.

– Dont il a pillé les temples !

– C'était une autre époque, mon oncle. L'article m'avait frappé car je savais qu'une exposition temporaire se préparait à Bordeaux. La presse ne parle pas très souvent de cette île.

Charles faillit faire remarquer à son neveu que la presse ne parlait jamais de cette île mystérieuse. Du moins ce qu'il nommait avec mépris la "presse officielle". Pour ces messieurs bardés de diplômes, le nom même de Saumwatu rimait avec supercherie. Jamais la communauté scientifique internationale, les divers représentants de la "science officielle", des vieux croûtons, oui ! pensait Charles : jamais ces gens n'avaient accordé la moindre valeur à la relation de Kervadec. L'explorateur breton avait pourtant rapporté des dizaines d'objets et surtout cinq statuettes taillées au silex dans un bois sombre, au grain d'une incroyable finesse, avec leurs yeux étranges et fascinants en éclats de jade. Celles-là même que l'on avait pris l'habitude de désigner sous le terme de Messagers des Dieux.

– Que le musée d'Aquitaine ait accepté de consacrer une exposition à Saumwatu relève déjà du miracle ! fit tout de même remarquer Charles, poursuivant à haute voix le fil de ses pensées.

– Rongier est un brave type. Et il a l'esprit ouvert. Mais reprenons : deux Messagers viennent d'être volés.

– Par les mêmes gens…

– C'est probable. Il en reste trois…

Salomon se leva brusquement, provoquant à nouveau l'envol du corbeau, cette fois-ci de méchante humeur. Le volatile alla se percher sur la gouttière de zinc qui courait au ras du toit de l'ancienne souillarde, tout en lançant des cris de protestation. Albert n'aimait rien tant que de s'endormir, juché sur l'épaule de Salomon. Cette propension à l'engourdissement constituait le trait commun aux trois composantes de la ménagerie. Le chien, le chat et le corbeau. Cela évoquait le titre d'une fable de monsieur de la Fontaine. A grandes enjambée, Salomon gagna l'entrée de la vaste salle de séjour au rez-de-chaussée du château. Il écarta doucement les volets de bois, poussa la porte vitrée et pénétra dans l'ombre fraîche, avant de refermer derrière lui. La pièce était comme calfeutrée, tous les volets extérieurs à demi repoussés afin d'empêcher le soleil d'y pénétrer. Si la grosse boule continuait de taper de la sorte, le thermomètre dépasserait bientôt les trente degrés. On avait un peu perdu l'habitude de ces coups de chaleur.

Salomon se dirigea vers une table basse appuyée au mur, entre deux fenêtres, sur laquelle était posée un répondeur téléphonique. Il décrocha et, de mémoire, composa un numéro. Le préfixe était celui de la région parisienne. Salomon pianotait de l'extrémité des ongles sur la marqueterie d'ivoire du meuble ancien, attendant avec une impatience non dissimulée que les impulsions électroniques parviennent à destination. Il cessa en percevant le bourdonnement lointain de la sonnerie. Au troisième bzzz..., quelqu'un décrocha.

– Galerie Océania, bonjour... dit une voix féminine.

– Bonjour. Pourrais-je parler à monsieur Delacroix, je vous prie ? De la part de Salomon Bernstein.

– Je regrette, monsieur Bernstein. Je crains de ne pouvoir...

– C'est très urgent, mademoiselle. Permettez-moi d'insister. Louis est un vieil ami. Dites-lui simplement que c'est très important et en rapport avec son Messager des Dieux.

– Le Messager ! s'exclama la voix féminine. Je l'appelle de suite, monsieur Bernstein…

Le soudain intérêt manifesté par la jeune femme en comprenant que l'appel concernait la statuette de l'île de Saumwatu, le ton brusquement empressé de sa voix… cela ne disait rien de bon à Salomon. Quelqu'un prit presque aussitôt le relais :

– Allô ? Ici Louis Delacroix. C'est vous, Salomon ?

– Bonjour, Louis. Je vous dérange ?

– C'est-à-dire…

– C'est au sujet de votre Messager, Louis. Vous possédez bien une statuette à l'effigie de Kalawaki ?

– Je possédais… murmura le propriétaire de la galerie d'art. On me l'a volée cette nuit.

– Bon sang ! s'exclama Salomon. J'arrive donc trop tard. Je vous appelais pour vous mettre en garde, Louis. Je pressentais ce vol. Je le redoutais. Ah ! J'en étais même certain. Que n'ai-je assisté avant-hier au vernissage de cette maudite exposition ! J'aurais pu vous prévenir à temps…

– La police est ici, Salomon. Je vous passe le commissaire qui manifeste le désir de vous parler.

– Allô ? dit aussitôt une voix bourrue. Ici le commissaire Mortimer de l'OCRVOOA [1]. A qui ai-je l'honneur, monsieur ?

– Bonjour, commissaire, répondit Salomon d'une voix parfaitement calme. Je m'appelle Salomon

---

1 : Office Central pour la Répression du Vol d'Œuvres et d'Objets d'Art

Bernstein et je suis un ami de monsieur Delacroix, le propriétaire de cette galerie.

– Son assistante me dit que votre appel est en rapport avec le vol commis cette nuit.

– C'est exact, commissaire. Un vol identique a été commis il y a deux jours à Bordeaux, dans les locaux du musée d'Aquitaine. Et j'avais quelques raisons de croire que nos voleurs ne tarderaient pas à s'intéresser à certaine pièce exposée dans cette galerie.

– Quelles raisons, monsieur ?

– Des raisons que je ne souhaite pas exposer pour l'instant. En tout cas pas au téléphone.

– Ah ça ! s'exclama le commissaire Mortimer. Peut-être préféreriez-vous poursuivre cette conversation dans nos locaux, monsieur Bernstein ?

– Je doute qu'ils soient aussi confortables que l'endroit dans lequel je me trouve actuellement, répliqua Salomon en se laissant tomber dans un profond fauteuil de cuir râpé par les ans et même taché en divers endroits.

De sa main libre, il brossait machinalement l'un des accoudoirs sur lequel adhéraient quelques poils de chat.

– Excusez-moi, commissaire, reprit-il sans laisser le temps à son interlocuteur d'intervenir, et sur un ton apaisant. Je ne cherchais pas à vous contrarier. Je dois admettre que je ne me suis peut-être pas présenté de manière adéquate. Vous me connaissez peut-être sous le nom de Paul Sinclair, de l'Agence Arkham ?

La foudre tombant à ses pieds n'aurait pas produit plus bel effet.

– Bon sang ! s'exclama le commissaire. Ne pouviez-vous pas le dire plus tôt !

– J'ignorais que le vol que je redoutais avait été commis et que la police serait déjà sur les lieux, s'excusa Salomon.

– Je vous connais de réputation, monsieur... Bernstein ou Sinclair ! J'ai récemment lu votre ouvrages sur les *Mythologies Equatoriales*.

– Franchement, vous m'en voyez étonné ! C'est un livre qui s'adresse à un public très ciblé... et très restreint !

– A mon tour d'admettre que je ne me suis peut-être pas présenté sous mon jour le plus flatteur.

– Oh, commissaire ! Ce n'est pas ce que je voulais dire.

– Je l'espère bien ! Je vous taquine. Je suis à la tête d'un service spécialement chargé de la répression du vol des œuvres et objets d'art.

– Je connais l'OCRVOOA de réputation, commissaire.

– Vous ne vous étonnerez donc pas de voir cohabiter en moi le flic et l'amateur d'art.

– Une cohabitation rare !

– Pas si rare. Les CV de mes collaborateurs vous étonneraient, monsieur Sinclair. Ils sont loin d'être incultes, vous savez...

– Je n'en doute pas. Mais dites-moi, commissaire, si nous poursuivions cette discussion non pas dans les locaux que vous évoquiez tout à l'heure, mais ici, au château de mon oncle ? Je crois que je pourrais vous communiquer des documents susceptibles de vous intéresser.

– Ce me semble une excellente idée. Je peux être chez vous dès demain.

– Le château de Tranchefer est à quelques minutes du bourg de Saint-Jean-de-Cubzac, à une vingtaine de kilomètres au nord de Bordeaux. Près de la ligne de chemin de fer qui relie Bordeaux à Saintes. Demandez au village que l'on vous indique le chemin.

– Je trouverai. Ne vous inquiétez pas. A demain, monsieur Sinclair. En fin de matinée.

– A demain, commissaire.

Salomon se leva et raccrocha le téléphone.

Un rectangle de lumière s'étira à cet instant sur le sol de la pièce toujours plongée dans la pénombre. Des milliers de grains de poussière s'agitaient dans cette lumière, comme autant d'astres errants engagés dans une folle sarabande. Salomon ressentit comme une bouffée de souvenirs heureux, surgis de son enfance. Combien de fois avait-il essayé en vain de compter les planètes impalpables, à peine visibles, qui s'agitaient ainsi sous son nez. Il se revoyait : couché à plat ventre sur le plancher dans les combles du château, appuyé sur les coudes. Sa respiration multipliait par mille la vitesse des astres errants au risque de provoquer une collision à l'échelle du cosmos, l'explosion d'une galaxie toute entière. Quel âge avait-il ? Sept ans, huit ans peut-être. Il venait passer au château toutes ses vacances scolaires. Le grenier : c'était son Royaume.

– Alors, fils ? demanda Charles dont la silhouette se découpait entre les volets de bois. On aurait dit qu'il n'osait avancer dans la pièce sombre. De peur de déranger.

– Je suis arrivé trop tard, mon oncle. La galerie de notre ami Delacroix a été visitée au cours de la nuit dernière et son Messager s'est envolé vers d'autres cieux. A propos, il faudra prévenir Germaine. Demain, nous aurons du monde pour déjeuner. Un commissaire qui descend de Paris pour nous voir.

Salomon passa dans sa chevelure une main ouverte en forme de peigne, une main aux doigts légèrement déformés par la pratique du karaté. Ses longs cheveux d'un brun clair étaient réunis en une queue de cheval qu'il portait très haut, presque au sommet du crâne. Sa silhouette bien découplée était auréolée de la lumière crue venue de l'extérieur. Une lumière qui avait quelque chose de mystique. Ainsi mis en valeur, Salomon dégageait une force tranquille qui le faisait ressembler à un samouraï se préparant à livrer un combat dont l'issue serait la victoire ou la mort.

– Si on allait manger ? dit-il. Il commence à faire faim.

Chapitre 3

Charles Bernstein et son neveu quittèrent la salle de séjour en prenant soin de refermer les volets derrière eux, afin que la pièce conservât toute sa fraîcheur. L'un et l'autre plongés dans leurs propres pensées, ils gagnèrent en silence la cuisine où la table avait été dressée.

Chaque matin, Germaine Dubrulles montait du village, son large panier en osier plein de victuailles sur lesquelles reposait le *Sud-Ouest* du jour ainsi que le menu courrier laissé par le facteur dans la "petite boîte aux lettres", à l'extrémité d'une allée qui traversait le bois et menait au château. Un peu plus tard, dans la matinée, Charles – ou Salomon lorsqu'il avait passé la nuit dans la demeure familiale – empruntait le même sentier mais dans l'autre sens, pour aller soulager de son contenu la "grande boîte aux lettres" – une caisse en bois de près d'un demi-mètre cube, fixée sur un socle en cornière métallique, protégée de la pluie par un épais revêtement goudronné, et dont la petite porte était munie d'une bonne serrure. Malgré le côté résolument non réglementaire tant de la boîte que de l'arrangement conclu entre ses propriétaires et le préposé, celui-ci possédait une des clés et y entassait tout ce qui ne rentrait pas dans la "petite boîte aux lettres", réservée aux lettres. L'Agence était abonnée à un grand nombre de revues. Charles et Salomon recevaient à titre personnel les bulletins de diverses sociétés dont ils étaient membres : de la *Société des Etudes*

Cathares à l'*Académie Royale Belge de Cryptozoologie*, en passant par la *Irish Society of Celtic Studies* ou la *Fondation Charles Fort*. Le facteur déposait presque chaque jour des colis contenant aussi bien des livres commandés directement aux Etats-Unis ou du Japon, que du matériel électronique pour Lucille, la spécialiste du fer à souder de l'Agence.

Et tout au long de la matinée, pendant que Charles triait le courrier ou lisait la presse, que Salomon, accompagné par la ménagerie, entretenait d'inaudibles conversations avec les arbres de la forêt, Germaine Dubrulles coiffait l'une après l'autre ses casquettes de gouvernante, de lavandière, de cuisinière…

Cela durait depuis vingt-cinq ans.

– Que deviendrais-je sans vous ? demandait souvent Charles, sur le ton de la plaisanterie.

– Oh vous, je ne sais pas ! répondait invariablement Germaine avec le plus grand sérieux. Je pense surtout à mon petit Salomon. Quelle idée est donc passée par la tête du Bon Dieu le jour où il a rappelé près de lui les parents de ce pauvre enfant !

– Le pauvre enfant, ma bonne Germaine, a eu trente-deux ans cette année. Quant au Bon Dieu, il n'y est pour rien. Vous savez bien qu'il n'existe pas.

– Vous blasphémez, Charles Bernstein. Ce n'est pas bien.

– Voyons, Germaine, pas du tout. Vous savez bien que nous autres Juifs considérons qu'il n'y a qu'un seul Dieu ! Simplement, nous n'y croyons pas…

– Monsieur Charles !

– Mon oncle, intervenait alors Salomon, arrête d'embêter tatie Germaine ! Sinon, elle ne viendra plus nous mitonner d'aussi bons petits plats.

– Sûr que je ne sais point si je viendrai demain ! menaçait Germaine en reprenant son panier en osier, avant de se diriger vers la porte de la cuisine.

– A demain, madame Dubrulles ! lançait alors Charles en riant.

– A demain, tatie Germaine.

Et après avoir embrassé son “petit Salomon”, la vieille gouvernante quittait le château. De son petit pas pressé, elle regagnait le village où l'attendait Elysée, son mari, un pêcheur de pibales qui avait pris sa retraite dans l'arrière-pays, quelques années plus tôt.

Si ce n'était pas l'expression de l'éternité, ça y ressemblait bougrement !

Germaine à peine disparue, les fourchettes s'abattaient en piqué dans les assiettes. Et la Ménagerie – interdite de séjour dans la cuisine par la maîtresse des lieux tant qu'elle s'y trouvait – venait tenir compagnie aux hommes et quémander quelques miettes. Comme à l'aube des premiers jours, lorsque les chasseurs, après avoir regagné les huttes de boue séchée ou les abris troglodytiques, s'asseyaient autour des feux de bois ou de tourbe, pour dévorer à pleines dents une tranche bien épaisse de mammouth grillé… En ce passé immémorial, l'Homme, qui n'était pas encore tout à fait *Sapiens Sapiens*, ignorait tout du moutardier et de la cuisson en papillotes ; par conséquent il n'avait pas encore inventé l'alose à la moutarde.

A ce détail près et tout bien pesé, la scène qui se déroulait immuablement, chaque midi au château de Tranchefer, faisait bien davantage que ressembler à l'éternité.

Salomon s'ébroua de ses divagations temporelles en se promettant de demander à Germaine ce qu'elle avait cette fois ajouté à l'assaisonnement habituel. Sa façon de cuisiner l'alose éveillait parfois en Salomon un souvenir vieux d'au moins quinze ans : la première fois qu'il avait tiré sur un joint d'herbe, à un concert de Little Bob Story.

– Alors ? demanda Charles.

– Cela fait trois statuettes aux mains de nos mystérieux voleurs : Wanginogko, Masonipa et Kalawaki. Il en reste deux : Lewokassar et Balatmada.

Salomon avait prononcé l'imprononçable sur le ton d'une leçon bien apprise. En réalité, ce n'était qu'un témoignage de son incroyable capacité à mémoriser l'immémorisable : Salomon enregistrait en permanence une quantité phénoménales d'informations qu'il pouvait retrouver dans un coin de son cerveau le moment venu. Sans jamais commettre la moindre erreur.

– Le problème, reprit-il, consiste à localiser les deux dernières et à intervenir pour empêcher l'ennemi de s'en emparer.

Salomon avait dit “l'ennemi”. Cela signifiait qu'il avait décidé de s'impliquer à fond. Charles ne s'en étonna pas. Son neveu réagissait souvent d'une manière qui paraissait impulsive. Il n'en était rien. Salomon réfléchissait toujours avant d'agir. Il pouvait tourner un problème dans tous les sens, l'aborder sous tous les angles, y consacrer toute son énergie, ne plus penser qu'à lui… en donnant l'impression d'être ailleurs, de s'en désintéresser. Salomon n'avait rien d'un impulsif. Cela étant, dès qu'il estimait être parvenu au terme de sa réflexion, il prenait sa décision. Et cette décision était irrévocable. Alors venait le temps de l'action.

– Pourquoi lancer l'Agence là-dessus, fils ? Personne ne nous a contactés. Et avant que les autorités admettent qu'il ne s'agit pas d'une simple affaire de vol d'œuvres d'art mais de quelque chose dépassant leurs compétences…

– Ils comprendront vite. Le policier que j'ai eu au bout du fil, ce Mortimer, est loin d'être un idiot. C'est lui qui déjeune avec nous, demain midi.

– J'avais compris.

– Mais tu as raison, mon oncle : les services officiels ne se décideront à faire appel à nous que lorsqu'il sera trop tard. Nous devons agir de notre propre initiative et sans perdre de temps.

– Tss… tss… Tu t'emballes un peu vite, fils, dit Charles.

Bien qu'il partageât le plus souvent les opinions de son neveu et reconnût la justesse de ses conclusions, Charles avait pour habitude de se faire l'avocat du diable, d'apporter la contradiction ou de prêcher la modération. Et cela pour pousser Salomon à affûter ses arguments. C'était pour Charles une manière originale de l'accompagner dans ses réflexions. Il reprit :

– Après tout, cette série de vols a très bien pu être commanditée par un collectionneur fortuné et peu scrupuleux. Un de ces obsédés ne trouvant son plaisir que dans la possession de ce que les autres n'ont pas.

– Je ne crois pas, mon oncle.

– Pourquoi pas ? J'imagine très bien un milliardaire américain, ou un de ces nouveaux riches de l'autre côté de l'ancien mur, faire une fixation sur les statuettes de l'île de Saumwatu, et louer les services d'un gang international pour les lui procurer. Il n'y aurait aucun sous-entendu ésotérique dans cette affaire. Rien qu'une banale histoire de cupidité ou de passion.

– Ça se serait déjà vu, admit Salomon sur un ton conciliant. Mais deux détails me confortent dans mon opinion.

– Je t'écoute…

– D'abord la date. L'île de Saumwatu a été découverte par le chevalier de Kervadec en 1796. Je ne connais pas la date précise, mais je parierais volontiers pour le mois de juin ou de juillet.

– C'est-à-dire il y a précisément deux siècles.

– Tout juste. Un bel anniversaire. Ensuite, il y a l'ordre dans lequel les statuettes ont été volées : d'abord Masonipa, dans une collection privée en Grande-Bretagne, puis Wanginogko, ici même, au musée d'Aquitaine, enfin Kalawaki, à la galerie de notre ami Delacroix.

– Et alors ?

– La légende des Messagers est assez compliquée. Cela fait longtemps que je ne me suis pas penché sur le sujet. Je me souviens tout de même d'une chose : chaque Messager joue un rôle précis dans le rituel censé permettre aux Dieux anciens – ces supposées divinités venues du fin fond de l'espace et du temps, voire d'un autre univers parallèle au nôtre… – de franchir la frontière. Chaque Messager intervient à son heure, selon un ordre bien défini.

– Je reconnais que je ne me souviens pas des détails. Je me suis pourtant intéressé aux légendes de Saumwatu mais c'était au début des années soixante. J'ai même signé un article dans *Planète*. Depuis, je dois dire…

– Oh, moi non plus, mon oncle, je ne me rappelle pas les détails. Mais je me souviens de l'ordre d'intervention des Messagers : BMWKL. La séquence de leurs initiales est facile à retenir.

– Ta conclusion ?

– Elle est double. Si l'on admet que les statuettes sont bien volées dans leur ordre d'apparition au cours du rituel, j'en conclus d'une part que la prochaine sur la liste des voleurs est Lewokassar.

– Et d'autre part, coupa Charles, que le premier Messager, Balatmada, est déjà entre les mains des voleurs.

– Exact. Il n'en reste donc pas deux dans la nature, mais un seul. Le temps nous est encore plus compté que je ne le craignais.

De l'ancienne souillarde, on pouvait gagner un couloir mal éclairé qui s'étirait à l'arrière du château. Sur la droite, juste après la porte en bois massif, un assemblage d'épaisses planches rabotées seulement sur la face côté souillarde, une volée de quelques marches permettait d'accéder au premier niveau, légèrement surélevé, de la tour arrière – celle que Salomon avait baptisée la “Tour de la Reine” lorsqu'il était enfant. Le couloir se poursuivait sur une vingtaine de mètres, ponctué de portes à double battant qui ouvraient sur les pièces du devant : leur alignement formait un bâtiment trapu, dont la façade était orientée plein sud. Au fond, le couloir tournait brusquement sur la droite. Au bout, un escalier grimpait à l'assaut de la seconde tour, beaucoup plus haute – tout naturellement, Salomon en avait fait la “Tour du

Roi". Des embranchements naissaient au cœur même de la spirale montante des marches usées par le passage du temps ; ils conduisaient aux deux étages du corps principal où se trouvaient une dizaine de pièces, en partie inoccupées, ainsi qu'aux greniers. Quant à la Tour du Roi, elle abritait la bibliothèque…

Charles et Salomon avaient emprunté le couloir pour gagner la salle de séjour. Tandis que Charles écartait les volets de l'une des fenêtres, pour donner un peu de lumière, Salomon avait fait deux cafés pas trop serrés, avec le percolateur posé derrière un bar, près de l'âtre de la cheminée. Comme il apportait les deux tasses sur un plateau digne d'un musée – une pièce superbe incrustée de nacre et de pierres dures, représentant un paysage de Cochinchine – Charles alluma le macintosh posé sur le bureau.

– Suite du courrier… avertit l'oncle. Je relève la boîte virtuelle.

– Des nouvelles de la Grande ? demanda Salomon en tournant une cuillère dans son café.

Le sucre était depuis longtemps fondu mais le geste restait machinal.

– Aucune. Mais cela n'a rien d'étonnant. Elle est en Bretagne pour enquêter sur des rumeurs de manifestations mystérieuses.

– Cette histoire de lumières dans le ciel, dans la région de Locrael ?

– Oui. Nous disposons de très peu de choses. Deux rapports de la gendarmerie locale qu'un groupe ufologique s'est procuré et qui ont été mis sur le Net. Ils se contredisent d'ailleurs l'un l'autre. Quelques témoignages pas très précis recueillis par un enquêteur indépendant. Ils ont également été diffusés sur le Net.

– L'Agence est impliquée officiellement ?

– Oui. Ton ami Roldano Bacelli nous a demandé d'envoyer quelqu'un. Il veut publier quelque chose dans le prochain numéro de sa revue *Investigations*. L'Agence Arkham lui servira de caution scientifique. Lucille est partie avec tout son matériel.

– Très bien. Et Tom ?

– En vacances. Il devrait rentrer aujourd'hui ou demain.

– Je suis passé voir la Puce hier. Je crois qu'elle en a un peu marre d'assurer la permanence au Bureau. Dès que Tom donne signe de vie, demande-lui d'aller la relever.

– Hum… J'espère qu'il ne sera pas trop fatigué par ses vacances.

– Dis voir, mon oncle, tant que tu es derrière ton écran préféré…

– Tu parles !

– Tu ne veux pas chercher sur le Net, des fois qu'il y aurait quelque chose sur Saumwatu ?

– J'allais le faire. Mais après avoir bu mon café, s'il n'est pas déjà refroidi.

– J'ai appris que le groupe *Archéologia* avait terminé de mettre en ligne ses archives, sur son propre site. Ils ont certainement quelque chose. Pendant ce temps, je monte à la bibliothèque.

La bibliothèque occupait la totalité de la Tour du Roi. On y accédait par ce même escalier qui conduisait aux étages du corps principal. Avant de parvenir au premier, une large porte encastrée dans la muraille surgissait soudain à main droite du voyageur égaré sur le fil de cette spirale ascendante faite de pierres jointives. Comme un appel à l'inconnu. Il fallait interrompre son ascension, monter deux marches autrement orientées, puis peser sur le lourd panneau de chêne en soulevant une poignée de métal noirci. L'on se retrouvait alors plongé en pleine aventure : au cœur du temple du savoir. Il y avait d'abord une manière de rez-de-chaussée – pour autant que le visiteur veuille bien oublier qu'il se trouvait à un étage et demi au-dessus du niveau du sol : un garage s'étendait sous la bibliothèque de la Tour du Roi, on y pénétrait seulement par l'extérieur. Puis le regard s'élevait pour observer deux mezzanines s'étirant autour de l'immense salle circulaire, comme des chemins de ronde, l'une au dessus de l'autre : le visiteur se hissait sur la première en empruntant à son choix l'un des deux escaliers mobiles glissant sur un rail fixé à même le plancher. Plus loin, un escalier fixe d'une douzaine de marches permettait d'accéder à la seconde. Et partout sur les murs : des livres. Du sol au plafond, presque huit mètres plus haut. Cette muraille de la connaissance présentait deux solutions de discontinuité : la porte et son encadrement, bien sûr, mais également une étroite meurtrière, découpée entre les deux mezzanines et donnant plein est. Une fenêtre avait été installée dans cette brèche. On pouvait l'ouvrir bien qu'on ne le fît presque jamais.

En plusieurs endroits, des tapis aux couleurs de l'automne couvraient le plancher. Au centre de la pièce : un vaste bureau rectangulaire sur lequel étaient posés un second macintosh avec un grand écran additionnel, deux téléphones et un fax. Deux lampes du plus pur style Art Nouveau s'observaient d'un bord à l'autre du bureau. Ça et là des cartons à dessin reposaient dans des berceaux en bois : ils contenaient des cartes anciennes. Inclinée sur son axe, une mappemonde ancienne peinte à la main, se dressait tout à côté du bureau.

Salomon fit glisser l'une des échelles de quelques mètres. Il grimpa cinq ou six échelons et observa avec attention le dos des ouvrages. A deux reprises, il dut redescendre, déplacer légèrement l'échelle, regrimper et examiner d'autres reliures.

– Ah ! dit-il enfin, en saisissant un livre qu'il coinça aussitôt sous son aisselle gauche, avant de poursuivre ses recherches.

Quelques instants plus tard, Salomon prélevait avec précaution un second ouvrage, sur l'étagère d'en dessous. Puis il descendit de son perchoir, gagna le bureau sur lequel il posa ses deux trouvailles. Le premier était un fort in-octavo relié de maroquin fauve. L'une des coiffes était déchirée, la reliure dans l'ensemble fatiguée. La page de titre annonçait : *Relation d'un Voyage à la Mer de Banda. Découverte de l'Isle de Saumouatou. Suivis d'un Inventaire des Trésors qui y furent découverts*. L'auteur n'était autre que le chevalier de Kervadec. L'édition datait du début du XIXe siècle. Le second livre était beaucoup plus récent. Sa couverture de simple papier jaune portait comme titre : *Saumwatu : Enigme archéologique ou Supercherie*. L'auteur avait utilisé un pseudonyme : "Docteur Sardonicus".

Salomon s'assit et commença à lire le premier ouvrage.

Moins d'une heure plus tard, Salomon rejoignait Charles dans la salle de séjour.

– Alors ? demande ce dernier sans lever le nez de son clavier.

– Et toi ?

– Oh moi… rien ! J'ai bien trouvé deux références bibliographiques sur Saumwatu et son découvreur : le chevalier de Kervadec. La base de données d'*Archéologia* indique l'Agence Arkham, parmi les centres de documentation privés possédant copie de ces deux ouvrages. Je suppose donc que tu les as déjà consultés.

– Oui, admit Salomon. Nous avons bien les deux titres. Les voilà.

Charles fit pivoter son fauteuil et accorda un bref regard aux livres que Salomon avait descendus.

– Je m'en souviens, dit-il. J'ai dû les lire mais il y a pas mal de temps.

– Toute l'histoire de la découverte de l'île figure dans celui-ci. Rédigé par Kervadec lui-même et édité peu de temps après son retour en France. L'autre est également intéressant : j'y ai trouvé mention de la cinquième statuette. Cette que je voulais localiser : Lewokassar.

Salomon tendit à Charles l'ouvrage le plus récent.

– Docteur Sardonicus ! J'ai probablement su qui se cachait derrière ce pseudonyme.

– C'est un détail. A la fin du livre se trouve une annexe qui répertorie les quelques deux cents objets trouvés sur Saumwatu. Cette liste ne fait que reprendre l'inventaire de Kervadec mais Sardonicus précise, lorsqu'il a pu l'établir, où ces objets se trouvent. Évidemment, au moment de sa rédaction.

Salomon désigna du doigt la date de publication, imprimée en bas de la couverture : 1913.

– Et où se trouvait notre ami Lewokassar, à l'aube de la Grande Guerre ?

– Tiens-toi bien…

Chapitre 4

Lucille coupa le moteur de la barque louée la veille. Elle continua sur son erre, en direction du ponton aperçu quelques minutes plus tôt.

Au moment où la jeune femme allait boucler son tour de l'îlot, une plage de sable large d'une vingtaine de mètres s'était soudain offerte à ses regards, derrière un gros rocher formant promontoire. La seule plage de ce gros caillou dont tout le pourtour escarpé plongeait dans l'océan agité de remous, de tourbillons. L'unique accès à l'intérieur des terres – du moins par voie de mer. Protégé de la houle par l'éperon rocheux, un ponton de bois s'avançait dans l'océan, perpendiculaire à la plage. Fixée à son extrémité, une échelle plongeait dans l'eau verte. La barque glissa sur quelques mètres encore et vint s'immobiliser contre les épais piquets à demi immergés sur lesquels reposait la construction, ses flancs protégés par des pneus de bonne taille, probablement récupérés par son propriétaire dans une casse de la région.

Lucille releva le moteur et le bascula vers l'intérieur de la barque qu'elle amarra solidement au piquet le plus proche de l'échelle. Elle saisit sa “trousse à outils” : une valisette qu'elle portait sur le dos, fixée par deux courroies souples, bourrée d'électronique et d'informatique ; se hissa en souplesse sur le ponton, faisant jouer ses muscles longs et effilés qui se dessinaient en relief sous sa combinaison moulante. Lucille sortit d'une poche ventrale une carte qu'elle déplia sur le sol. L'îlot avait vaguement la forme d'un boomerang asymétrique, long d'à peine deux kilomètres. Avec un accroc au bout de sa pointe la plus longue, côté ouest, face au grand large. La plage se trouvait quelque part au centre de la brèche ainsi ménagée. L'îlot tournait vers le continent sa face concave. Du port de Locroel, on ne distinguait qu'une barre rocheuse sombre, le plus souvent noyée de brume. Même avec une bonne paire de jumelles. Lucille cocha sur la carte l'endroit où elle venait d'aborder. A en croire les habitants de Locroel, des ruines s'élevaient au centre de l'îlot, au sommet d'un "plateau" auquel on accédait autrefois par un sentier tracé au milieu des éboulis.

Les lumières mystérieuses avaient été aperçues à l'aplomb de ces ruines. Du moins c'est ce que l'on disait mais personne n'était allé y voir de plus près.

Lucille songea qu'il fallait être un peu fou pour se faire construire une maison en un tel endroit. Plus personne ne vivait ici depuis au moins cinquante ans mais il n'en avait pas toujours été ainsi. Le besoin de solitude est une chose, pensait la jeune femme. S'enterrer au fin fond de nulle part en est une autre.

Elle avança sur le ponton avec prudence. Quelques planches paraissaient en assez mauvais état mais l'ensemble tenait bon. L'ouvrage était entretenu. C'était évident. Laissé à l'abandon, il n'aurait pas tardé à pourrir et à se disloquer. L'île n'était peut-être pas aussi déserte qu'on le prétendait. Lucille aperçut quelque chose enfoncé dans l'interstice de deux planches. Elle s'accroupit et découvrit qu'il s'agissait d'un mégot de cigarette.

– Eh bien, murmura-t-elle, je ne suis pas venue pour rien. Je parie que ce gros caillou va me réserver quelques surprises.

La plage avait la forme d'un croissant de lune étiré et très pentu, dont le renflement central avait une profondeur de quelques mètres seulement. La plateforme du ponton enjambait l'étroit filet de sable grossier et de galets polis, et menait directement à l'escarpement rocheux, à près de deux mètres au-dessus de l'actuel niveau des eaux. Aux plus forts coefficients, la plage devait être entièrement submergée. Difficile alors de repérer l'étroit ruban de planches mal jointes du ponton.

Lucille grimpa sur les rochers. Derrière elle, l'océan s'étendait à l'infini, se confondant à l'horizon avec le ciel, strié du même moutonnement blanchâtre. A l'exception de la trace charbonneuse laissée par le continent. Aucune voile ne se dessinait sur les flots. Perdues dans cette solitude céruléenne, des mouettes piaillaient en se laissant porter par le vent. Cela sentait les algues pourrissantes, le varech, cela sentait la mer, les souvenirs d'enfance, la découverte du sable et de ses jeux de construction. Lucille se retourna. Un sentier à peine esquissé naissait un peu plus loin, entre des touffes d'une végétation rabougrie, clairsemée, maladive. Hésitant, maladroit, il s'enfonçait doucement vers l'intérieur des terres. Un peu plus loin, s'élevait la silhouette floue du plateau central. Lucille se demanda si l'îlot possédait une source d'eau douce. Les eaux de ruissellement qui disparaissaient par les multiples failles dans la pierre fendillée – on les apercevait de la plage – donnaient peut-être naissance à une résurgence, quelque part au pied du plateau. De toute façon, les précédents habitants avaient certainement fait construire des citernes pour recueillir l'eau de pluie, là-haut.

Elle s'assit sur une grosse pierre ronde et fit glisser les courroies de sa "boîte à outils". Elle l'ouvrit et en sortit un radiotéléphone. La miniaturisation de l'appareil et de ses batteries intégrées réduisait d'autant son autonomie, mais en terme de portée, il n'avait rien à envier aux modèles plus encombrants. Lucille essaya d'appeler le château. En vain. Elle n'obtenait en réception qu'une soupe de crachotements et de craquements intempestifs. Le bruit de fond était infernal et elle n'avait aucun moyen de savoir si sa voix à elle passait. La jeune femme pensa aussitôt à un brouillage – l'idée d'un dysfonctionnement de l'appareil ne l'effleura même pas : l'ayant conçu et monté elle-même, avec des composants haut de gamme, elle le savait parfaitement opérationnel.

Lucille coupa le contact et fouilla dans son matériel. Elle sortit divers instruments de mesure, se leva et balaya lentement l'horizon en pointant devant elle un premier contrôleur. Elle réitéra l'opération à plusieurs reprises, changeant à chaque fois d'instrument. Elle décela d'abord des anomalies dans le champ magnétique : beaucoup trop important pour s'expliquer uniquement par la nature géologique du socle continental en cet endroit. Ce flux hors norme suffisait à rendre compte des problèmes de communication. Lucille enregistra ensuite de très fortes variations densimétriques. Le sous-sol de l'îlot devait ressembler à un gigantesque gruyère. Plusieurs poches énormes s'étendaient certainement à faible profondeur. Souterrains creusés de main d'homme ? Cavernes naturelles ?

Lucille replaça ses instruments dans la boîte à outils. La seule manière d'en savoir davantage était de grimper au sommet du plateau rocheux raboté, qui trônait au centre de l'île. Là où se trouvaient les ruines.

Salomon s'installa dans le fauteuil crapaud, près de la cheminée.

– C'est une sacrée histoire ! dit-il.

Il paraissait chercher par quel bout en commencer la narration.

– Je t'écoute, fils.

– Eh bien, quelques années après sa découverte, le chevalier de Kervadec a mis un terme à sa vie aventureuse. Il était alors âgé de quarante ans. Pourquoi cette décision ? Il ne s'en est jamais expliqué. Il n'avait d'ailleurs pas à le faire. Sa précédente mission d'exploration avait été commanditée par l'Académie Royale des Sciences. Celle-ci n'existait plus. Et les premières communications au sujet de Saumwatu déclenchèrent une vive polémique. On l'accusa même de n'être qu'un simple escroc.

« Il s'est donc retiré en Bretagne où sa famille possédait un manoir qu'il a entrepris de restaurer. La Révolution Française était passée par là une douzaine d'années plus tôt, et je suppose que la demeure familiale en portait les stigmates. »

– A moins qu'elle ne soit simplement restée à l'abandon pendant son absence.

– C'est possible, admit Salomon.

Il reprit :

– Kervadec a ensuite acquis un îlot à une dizaine de milles au large et y a fait construire une grosse bâtisse. Sardonicus précise dans son livre que le chevalier en établit les plans lui-même et que ce qu'il fit construire “s'enfonçait dans les profondeurs de l'île autant qu'il le dominait". C'est son expression. Toujours selon Sardonicus, Kervadec se serait livré dans les étages souterrains à diverses recherches.

– Alchimie ?

– Il ne précise pas.

Charles poursuivit l'idée qui venait de naître dans son esprit :

– Dis-moi, fils, il devait disposer de fonds en quantité illimitée pour financer tout cela : la restauration du manoir familial, l'acquisition d'une île, la construction d'un laboratoire souterrain…

– Sardonicus suggère que Kervadec n'aurait pas seulement ramené de Saumwatu des objets. Il parle d'un trésor mais aussi d'un certain nombre de "réceptacles du savoir". Sans autre précision. Sardonicus a truffé son bouquin d'expressions sibyllines.

– Les Messagers !

– C'est ce que j'ai pensé moi aussi. D'une manière ou d'une autre, ces statuettes enfermeraient des informations sur la science et la technologie de ceux que les habitants de la région appellent les Anciens Dieux.

– Kervadec avait conservé les cinq statuettes ?

– Sardonicus l'affirme. Je ne sais pas si la capacité de notre chevalier à aligner les pièces d'or découlait de la possession de ces statuettes mais une chose est certaine : c'est la conclusion à laquelle est arrivé celui qui aujourd'hui s'emploie à les réunir.

– Je suppose que l'histoire a une fin…

– En forme de gros boum ! Une nuit, le centre de l'îlot a été pulvérisé. On a parlé à l'époque d'un tremblement de terre ou, plus probablement, de la foudre qui se serait abattue sur la bâtisse et aurait provoqué l'explosion de réserves de poudre.

– Le châtiment divin…

– En quelque sorte. On n'a jamais su le fin mot.

– Et Kervadec ?

– Son corps n'a pas été retrouvé. Par contre les curieux qui ont abordé l'îlot quelques jours après l'explosion ont découvert parmi les ruines les cinq statuettes parfaitement intactes.

– On sait ce qu'elles sont devenues ?

– Kervadec avait deux fils. Ils se sont partagés ses biens. L'aîné a hérité du manoir sur le continent, le plus jeune a pris possession de l'îlot et de ce qu'il contenait.

– Un drôle d'arrangement ! Le second s'est fait plumer par son grand frère !

– Pas forcément. Tout dépend de ce qui se trouvait dans les souterrains. Les gens du coin n'ont pas osé y aller voir. D'autant que les ruines des bâtiments en surface rendaient impossible toute exploration des niveaux enterrés. Sardonicus affirme que le fils cadet, absent le jour de l'explosion, assistait son père dans ses recherches. Il aurait de lui-même proposé cet arrangement à son aîné. Je crois qu'il savait ce qu'il faisait. Quant aux statuettes, elles sont donc restées propriété du cadet…

Salomon s'interrompit un instant. Il passa sa main dans le haut de sa chevelure, signe de perplexité de sa part.

– Et ? risqua Oncle Charles.

– C'est là que ça se complique. Pendant plusieurs années, on n'a plus entendu parler des Kervadec. Selon Sardonicus, la région a été en 1832 le théâtre d'événements inexpliqués. Il rapporte des témoignages de lumières dans les cieux, de passages de comètes…

– On dirait aujourd'hui des phénomènes aériens non expliqués.

– Probablement. Sardonicus fait également état d'une relation officielle selon laquelle, pendant plusieurs jours, de fortes explosions furent perçues sur le continent. Elles paraissaient venir des entrailles de la terre. Et puis une nuit du mois d'octobre, les bâtiments reconstruits sur l'îlot ont à nouveau été soufflés par une explosion. Sardonicus affirme que le propriétaire des lieux a eu le temps de prendre la fuite en emportant quatre des Messagers. Le cinquième a été retrouvé dans les ruines quelques jours plus tard.

– Lewokassar ?

– Tout juste. La statuette a été remise à l'aîné des frères qui habitait toujours au manoir. Peu avant sa mort il en a fait don à un musée local.

– Tout se met en place.

– Oui. On n'a plus jamais entendu parler du fils cadet mais les statuettes ont réapparues à la fin du XIXe siècle et ont été dispersées auprès d'amateurs d'art primitif. Au moins trois d'entre elles sont passées de collections en collections. Jusqu'à ces derniers jours.

– Et Lewokassar ?

– Il y a une petite chance que notre cinquième Messager soit encore dans les collections du musée auquel il a été légué.

– A Locroel, je suppose ? Et l'îlot sur lequel s'est rendu Lucille est bien entendu celui de notre chevalier…

– Suppositions exactes, mon oncle.

– Qu'attends-tu pour contacter ce musée ?

– Selon le *Guide du Routard Bretagne*, il est fermé le lundi. J'ai bien essayé de les joindre dès que j'ai compris que Lewokassar pouvait se trouver chez eux, mais il n'y avait personne pour décrocher le téléphone.

– Alors, fils ?

– Eh bien, mon oncle, il ne nous reste plus qu'à y aller…

– Je vais téléphoner au bureau. Yasmine a peut être des nouvelles de Tom.

Sans quitter son fauteuil, Charles pianota sur le clavier du Macintosh. L'ordinateur disposait d'un accès permanent au fichier central de l'Agence. Il composa tout seul le numéro de téléphone du bureau. Une fenêtre se dessina sur son écran annonçant : appel en cours.

La partie centrale de l'îlot – le renflement au milieu du boomerang – s'élevait à une trentaine de mètres au-dessus du niveau moyen de l'océan. Une sorte de cône tronqué était posé là comme une grosse motte de boue figée, d'un diamètre d'une centaine de mètres à sa base. Une image s'imposa à l'esprit de Lucille : l'éminence rocheuse au sommet de laquelle atterrissaient les extraterrestres dans *Rencontres du troisième type*. Un des personnages du film – interprété par Richard Dreyfuss : Lucille avait mémorisé son nom à force de le voir dans les films de Steven Spielberg, il jouait aussi dans *Les Dents de la mer* – passait son temps à construire une réplique miniature de cette montagne dont l'image l'obsédait. Lucille avait sous les yeux une autre réplique – simplement l'échelle n'était pas la même.

Une voie d'accès au sommet existait forcément. Elle hésita un instant. Choisit de commencer par explorer la face Est de la colline de pierre – c'est-à-dire celle qui s'étirait sur sa gauche. L'instinct, peut-être. Et le sens de l'observation : de ce côté-là, la végétation était plus clairsemée. Un arbuste avait une branche cassée à hauteur d'homme : elle n'était pas encore jaunie. Plus loin, des buissons avaient été écrasés. Quelqu'un était passé par là peu de temps auparavant. Lucille suivit avec précaution les traces laissées çà et là. Elle avait l'impression de participer à un jeu de rôle grandeur nature ou à une chasse au trésor. A mesure qu'elle avançait, le sentier se dessinait plus nettement, tout en s'élevant doucement. Elle parvint soudain devant une faille : un géant avait donné un profond coup de sabre dans la motte avant qu'elle ne durcisse, pensa Lucille en s'aventurant entre les bords escarpés. La déchirure se poursuivait sur une vingtaine de mètres avant de s'achever en cul-de-sac.

– Bingo ! s'exclama-t-elle en découvrant l'empilement d'échelons métalliques encastrés dans la muraille de pierre.

Le moment était venu de tester ses réflexes d'ancienne championne d'alpinisme. Ce n'était pas l'Himalaya, mais une mauvaise chute était vite arrivée.

Prenant soin de vérifier à chaque fois la résistance du scellement, Lucille se hissa non sans mal – il manquait quelques barreaux et elle dut s'aider du relief – jusqu'à une plate-forme qui s'étirait à six ou sept mètres du sol. Une autre image lui traversa l'esprit : celle du héros parvenu au terme de son escalade pour tomber nez à nez avec une femelle condor en train de couver ses œufs. Elle ne savait plus dans quelle BD elle avait vu la scène. Quelques cases plus tard, le héros se retrouvait cramponné aux serres du Condor survolant à tire d'ailes la Cordillière des Andes. Plus exotique qu'une promenade en ULM, mais aussi plus risqué.

Il n'y avait pas le moindre nid sur la plate-forme. Pas même un nid de mouette abandonné. Rien qu'un autre alignement de barreaux identiques aux précédents. Et au bout, le sommet du cône tronqué cher à Steven Spielberg. Lucille avait au moins échappé aux hélicoptères de la police militaire et aux gaz asphyxiants. Comme Richard Dreyfuss.

Elle s'accroupit à l'abri d'un bloc déchiqueté et prit dans son sac à dos une paire de jumelles au fort grossissement. Celui qui avait fait construire sa maison ici était complètement cinglé. Ou alors il aimait l'exercice. Il devait y avoir une autre voie d'accès, plus pratique et moins périlleuse. Elle imaginait tout de même assez mal des caravanes d'ouvriers hisser à dos d'homme des matériaux de construction, en grimpant sur des échelons fixés dans la muraille rocheuse.

Un amoncellement de ruines occupait le centre du plateau dont la surface était par ailleurs totalement plane. Les terrassiers avaient commencé par niveler le sommet du cône : peut-être s'attendaient-ils eux aussi à ce qu'un vaisseau venu d'ailleurs y atterrisse un jour.

Lucille sifflota l'air de *Rencontres du troisième type* : les cinq petites notes formant le message adressé aux humains par les extraterrestres. En un lieu comme celui-là, la fiction et la réalité finissaient par s'entremêler pour tisser une trame invisible, incertaine.

Le plateau était désert. Lucille ne décela pas le moindre mouvement du côté des ruines, comme si les animaux eux-mêmes évitaient l'endroit. Elle se redressa et quitta l'abri du rocher, conservant la paire de jumelles en bandoulière. A mesure qu'elle s'en approchait, le champ de ruines perdait son aspect chaotique. Plusieurs portions des murs principaux de ce qui avait été un bâtiment aussi large que long, d'une vingtaine de mètres de côté, s'élevaient encore. Mais jamais à plus de deux mètres au-dessus du sol. Il n'y avait aucun moyen d'estimer la hauteur d'origine du bâtiment. Cela ressemblait à des fragments de murailles déchirées par une nuée de projectiles, à un jeu de cubes abandonnés en vrac par un titan. Il n'y avait là que des pierres. Aucun autre matériau. Du bois avait forcément été utilisé pour les planchers, la charpente, les encadrements des ouvertures. Il n'en subsistait rien. Quelqu'un l'avait récupéré. Cela évoquait plutôt un chantier qu'une vieille ruine abandonnée. Des pierres de taille manquaient. Quelqu'un les avait réutilisées. Derrière un morceau de mur, dissimulé jusqu'alors à ses regards, Lucille découvrit un tas de tuiles triées avec soin. Cela confirma son impression : elle se promenait au milieu d'un chantier, et son arrivée avait peut-être dérangé ceux qui fréquentaient régulièrement les lieux.

C'est le silence qui la surprit. Qui l'étonna.

Elle ne percevait plus aucun bruit. Le vent était tombé. Il n'apportait plus la rumeur de l'océan. Le ciel était vide. Les mouettes criardes avaient disparu. Le plateau était assez vaste pour qu'un observateur placé en son centre ne pût apercevoir l'océan. Lucille se crut transportée sur quelque lande d'Irlande ou d'Ecosse. Elle se demanda si des fantômes hantaient l'îlot ? Avant de s'amuser du cours que prenaient ses pensées.

– Au boulot ! dit-elle pour s'ébrouer de cette sensation d'irréalité.

Une fois encore, elle chercha dans son coffre magique. Comme les autres appareils en sa possession, elle avait conçu elle-même ce densimètre, et l'avait fabriqué de ses mains. Le jour où elle en aurait assez de travailler pour Salomon et l'Agence Arkham, elle pourrait toujours se reconvertir dans le dépannage à domicile ! Et y faire fortune !

Le densimètre confirmait la présence de cavités sous la surface. A la fois *à l'intérieur* du cône rocheux mais également dans le sous-sol de l'îlot, c'est-à-dire en dessous du niveau de l'océan. Lucille vérifia à plusieurs reprises les chiffres fournis par l'appareil. Transmises par infrarouge à l'ordinateur contenu dans la mallette, les données se traduisaient par des graphiques ou par des coupes verticales dans l'îlot, sur l'écran à cristaux liquides insérés à l'intérieur du couvercle. Au bout de quelques minutes, l'ordinateur proposa une image en trois dimensions à l'intérieur de laquelle se dessinait clairement le réseau de cavités et de couloirs les reliant. Les plus profondes s'étendaient bien *en dessous du fond de l'océan* et plongeaient dans le plateau continental. Les galeries de liaison étaient d'un diamètre parfaitement régulier.

– Bon sang ! s'exclama Lucille. Impossible de croire que ce réseau soit l'œuvre de Dame Nature !

Les rumeurs à propos de "lumières dans le ciel" qui avaient amené l'Agence Arkham à envoyer un de ses membres conduire une enquête, prenaient soudain une autre dimension. Qui avait construit ce réseau souterrain gigantesque ? Dans quel but ? Et surtout : avec quelle technologie ?

Le soleil approchait de l'horizon. Lucille n'avait pas donné signe de vie depuis maintenant près de vingt-quatre heures…

Ce qui n'était au départ qu'une enquête de routine prenait les allures d'une énigme de belle taille. L'Agence était sollicitée plusieurs fois par semaine pour des histoires de phénomènes lumineux aériens : tout le monde voyait des ovnis ! Mais bien peu de supposées "affaires" résistaient à une investigation sérieuse. Cette fois, il en allait autrement. Ce qu'elle avait découvert modifiait radicalement la nature et l'importance de sa mission. Lucille décida de quitter l'îlot et de regagner le continent au plus tôt, afin de rendre compte de sa découverte à Charles ou à Salomon.

Elle vérifia que les données recueillies avaient bien été enregistrées. Par précaution, elle les copia sur une disquette qu'elle enferma dans une enveloppe rigide à l'abri des radiations de toute nature. La boîte à outils possédait son propre blindage stoppant les ondes électromagnétiques, mais l'on n'était jamais trop prudent. Elle replaça également la paire de jumelles dans le compartiment prévu à cet effet, referma la valise et la reprit sur son dos.

Lucille traversa en hâte le plateau jusqu'à la voie d'accès empruntée à l'aller. Moins d'un quart d'heure plus tard, elle avait regagné le ponton et la plage en forme de croissant. La marée était au plus bas. A l'extrémité du ponton, une corde d'amarrage pendait mollement. Lucille s'approcha. La corde avait été tranchée net, probablement à l'aide d'un couteau. La barque avait disparu.

Chapitre 5

Lorsque le téléphone sonna, Yasmine était occupée à trier le courrier parvenu au bureau au cours de la semaine précédente.

Paul n'avait pas mis les pieds en ville depuis une dizaine de jours.

Yasmine soupira. Elle se prit à envier la manière avec laquelle son patron préféré tuait le temps : ses longues promenades dans la forêt qui entourait le château de son oncle, ses conversations étranges avec les arbres et les animaux qui la peuplaient.

Paul n'était pas quelqu'un comme les autres.

Fin mai, une semaine et demie plus tôt, il avait annoncé son intention de mettre un point final à son livre en cours : une étude très documentée sur la manière avec laquelle le "crash de Roswell", un cas classique de l'ufologie s'il en était, avait été présenté et commenté dans la presse et dans les ouvrages ufologiques, depuis la fin des années quarante.

Salomon le rêveur, l'homme enfant qui parlait aux animaux, qui passait des nuits entières à observer le ciel ou à explorer l'inépuisable bibliothèque ancestrale, avait endossé l'uniforme de "Paul Sinclair" : écrivain et chercheur passionné par les faits maudits et accessoirement patron de l'Agence Arkham, spécialisée dans les enquêtes dans l'étrange. Il avait passé toute la semaine précédente à classer ses notes et à rédiger les premiers chapitres de son livre, prenant tout de même le temps de lui téléphoner presque chaque jour, au bureau, pour lui demander de ses nouvelles ou donner des siennes.

Une fois, Yasmine n'avait pu résister à l'envie de demander à Paul s'il y "croyait" vraiment. La réponse ne l'avait pas surprise. Il avait répondu quelque chose comme : « La problématique n'est pas de croire ou pas. Le crash de Roswell est un des archétypes fondateurs d'une mythologie moderne. Seule sa représentation m'intéresse. » Devant le silence de Yasmine, il avait tout de même ajouté : « Mais tout de même… j'aimerais croire… ».

Yasmine n'avait pas insisté.

Paul était souvent déconcertant. Salomon Bernstein l'était tout autant. D'une autre manière. Elle aimait les deux facettes de la personnalité de cette armoire à glace qui s'habillait n'importe comment, portait les cheveux noués en une éternelle queue de cheval approximative et refusait obstinément d'apprendre à conduire.

Le téléphone sonna une seconde fois.

– Tu peux répondre, s'il te plaît ?

– Pas de problème ! s'exclama le blondinet qui paressait entre les bras du canapé convertible.

Il se leva d'un mouvement vif et souple, avança vers le bureau et décrocha juste avant que l'appareil n'émette une troisième sonnerie.

– Agence Arkham, dit-il d'une voix qu'il s'efforçait de rendre aussi ferme et virile que possible.

Il avait la coupe de cheveux "para" : pas plus d'un centimètre au-dessus de l'horizon et les oreilles bien dégagées. La petite boucle d'or qui lui perçait l'oreille droite n'avait par contre rien de réglementaire – à l'inverse de la paire de rangers et de l'ensemble kaki provenant probablement d'un surplus américain.

– C'est toi, Tom ? fit une voix étonnée.

– Affirmatif, monsieur Bernstein.

– Je te croyais en vacances.

– Ah... Ne m'en parlez pas. je suis rentré dimanche matin.

– Excellent !

– Permettez-moi de ne pas partager ce point de vue, monsieur... fit remarquer le jeune homme sur un ton pincé. La tonalité de sa voix s'était un peu déplacée dans les aigus. Il y avait quelque chose de maniéré dans le commentaire de Tom.

– Ce n'est pas ce que je voulais dire, Tom. Désolé que tu aies dû abréger tes vacances. Mais nous avons un sérieux problème ici, et Salomon se désespérait de ne pouvoir te joindre. Tu sais qu'il est perdu sans son bras droit...

Oncle Charles avait senti que Tom avait le moral plutôt à la baisse. Il savait ce qu'il fallait dire dans ces cas-là pour redonner un peu de tonus au jeune assistant de son neveu.

– Salomon...

Yasmine leva la tête des piles de lettres qu'elle classait selon un système très personnel : en retard, très en retard, trop en retard...

– C'est Paul ? demanda-t-elle, soudain intéressée.

Tom lui adressa un signe négatif de la tête.

– Vous voulez que je rentre au château, monsieur Bernstein ?

– Deux fois plutôt qu'une, mon garçon. Yasmine est avec toi ?

– Oui. Je suis passé au bureau pour me changer les idées. Elle est en train de trier de la paperasse. Elle a l'air d'adorer. Vous voulez que je vous la passe ?

Yasmine se leva en souriant. Ses yeux avaient le sombre éclat du jais, sa chevelure bouclée la profondeur d'une nuit sans lune.

– Non, Tom. Il n'y a rien de spécial. Tout va bien ?

– Tout va bien, monsieur. J'arrive ! dit-il en raccrochant.

Yasmine la gazelle se métamorphosa en Yasmine la panthère, prête à bondir toutes griffes dehors.

– Pourquoi ne m'as-tu pas passé Paul ?

– Ce n'était pas lui, mais monsieur Bernstein. Et il n'avait rien à te dire.

Sans laisser à Yasmine le temps de trouver une réponse appropriée – devait-elle l'égorger tout de suite ou commencer par l'ébouillanter à petit feu ? – Tom attrapa son casque rond. Le logo de la NASA se détachait en or sur le fond noir, encadré de branches de lauriers du même métal. Il se l'enfonça sur les oreilles et en ajusta la bride sous le menton.

– Tchao, la Puce ! Le devoir m'appelle.

La perspective d'une mission spéciale aux côtés de Salomon avait comme par magie chassé ses pensées moroses.

Ses vacances ne s'étaient pas déroulées exactement comme il l'avait escompté : le beau *latino* aperçu le premier soir derrière le bar d'un établissement pour garçons esseulés, lui avait préféré un petit gros ridicule, avec du bide, les oreilles décollées, le nez rouge et de grands pieds. L'horreur. En plus il parlait faux. Mais puisque Salomon avait besoin de lui... Tom ne regrettait plus d'être rentré quelques jours plus tôt que prévu.

Yasmine l'entendit dévaler les escaliers. Les fenêtres du bureau donnaient sur la rue. Elles étaient ouvertes. Tom gratifia d'un enthousiaste "Bonjour, Monsieur Francis ! Beau temps, n'est-ce pas ?" le vieux bouquiniste qui occupait le rez-de-chaussée de l'immeuble où se trouvait l'Agence. C'était vrai que le temps avait brusquement viré au beau fixe. En ces premières journées ensoleillées, ce n'était pas la clientèle – réfugiée par tradition sur les plages du proche bassin d'Arcachon – qui empêchait le bouquiniste de passer la moitié de son temps sur le pas de sa bouquinerie, à apprécier d'un œil connaisseur les jeunes femmes qui passaient dans le quartier. Dans moins d'un mois, les rues seraient pleines d'allemandes et de scandinaves.

Tom enfourcha sa 750 BMW et tourna la clé de contact. La moto s'arracha du trottoir pour traverser au pas la rue piétonne qui s'étirait une quinzaine de mètres plus loin.

Yasmine se pencha à la fenêtre comme pour crier quelque chose à Tom.

La moto avait déjà disparu.

Chapitre 6

Le soleil venait de prendre position à l'aplomb de la Tour du Roi lorsqu'un petit homme à l'allure décidée apparut à l'orée de la forêt, au terme du sentier qui menait au château. Il était tout de noir vêtu. De la pointe de ses chaussures à lacets au sommet de sa casquette.

Gérard, qui était couché de tout son long en travers de la porte de la cuisine, l'aperçut soudain. Le chien lui accorda un regard dépourvu d'intérêt avant de refermer ses paupières.

– Bonjour ! lança le nouveau venu.

Oncle Charles leva le nez de son journal. La première page annonçait la dernière série de mesures prises par le gouvernement. On évoquait une baisse prochaine des impôts ! Une promesse de plus d'un premier ministre au plus bas dans les sondages, et qui cherchait un bien hypothétique salut à travers des effets d'annonces. Deux pages plus loin, il était d'ailleurs question de hausse de la fiscalité locale et d'un "réajustement" probable des cotisations sociales. Les promesses n'engagent que ceux à qui elles sont faites. L'Etat se foutait du peuple. Comme d'habitude. Et le peuple faisait le dos rond.

– Monsieur Bernstein senior, je suppose ?

Stanley avait dit à peu près la même chose en retrouvant Livingstone, après avoir traversé la moitié de l'Afrique.

– Commissaire Mortimer ? répondit Charles en quittant non sans regret sa chaise longue.

Il laissa choir le journal sur la toile à rayures blanches et oranges, fit quelques pas en direction du visiteur. Les deux hommes se serrèrent la main.

– J'ai rendez-vous avec Paul Sinclair.

– Je crains que mon neveu ne vous ait posé un lapin, commissaire. Oh, bien involontairement !

– Vous m'en voyez tout de même contrarié, monsieur Bernstein, répondit le commissaire sur un ton qui signifiait précisément le contraire…

Le petit homme avait enfoncé ses mains dans les poches de son pantalon sombre. Jambes écartées, il bombait le torse en respirant à pleins poumons une atmosphère dont il avait oublié la saveur. Il avait le regard d'un papillon découvrant un jardin floral, ne sachant où se poser, ni quelle essence butiner en premier. La pierre blanche du corps principal miroitait. La cime des trembles qui s'élevaient derrière le château frétillait dans la brise : on eût dit une nuée de minuscules poissons d'argent chahutés par le courant. Un ruisseau s'écoulait entre les alignements des troncs massifs. Il alimentait un ancien déversoir. D'où il se trouvait, Mortimer ne pouvait que le deviner. Son imagination glissait au fil de l'eau, guidée par le glougloutement de la cascade. Une sensation d'extrême confusion s'empara de lui : la vue, l'ouïe, l'odorat… se confondaient. Il respirait la fraîcheur inodore du ruisseau, voyait le parfum invisible des orchidées sauvages dissimulées dans les fourrés, sous la lumière tamisée ; il entendait les craquements inaudibles de l'écorce des arbres en train de pousser. Il y eut un cri. Entre les nuages. Une buse planait tout là-haut. L'esprit de Mortimer se détacha de son corps. Un trop court instant, il crut apercevoir le château et ses dépendances, comme s'il s'était trouvé à cinquante mètres au-dessus des plus hautes frondaisons. Puis il revint sur terre.

– Excusez-moi, dit-il. Je n'ai pas l'habitude.

– On s'y fait... répondit Charles en regardant Mortimer droit dans les yeux.

Tous deux souriaient.

– C'est prêt ! s'exclama alors Germaine, rompant le charme.

Georges bailla et s'étira. Lui aussi commençait à ressentir une petit faim au creux du tonneau sans fond qui lui tenait lieu d'estomac, malformation congénitale très courante, paraît-il, chez la gent féline.

Mortimer posa sa fourchette et son couteau contre le rebord de son assiette. Au centre, les os de poulet esquissaient un amusant monticule funéraire : enchevêtrement de fragments de carcasse, de bouts d'aile, de pilons lustrés à force d'avoir été suçotés. Ah ça, le commissaire avait fait honneur au poulet à la basquaise cuisiné par Germaine. Charles et lui avaient fait son affaire au monstrueux gallinacé. Il ne restait au fond du plat qu'un souvenir de sauce – à peine un vague reflet lipidique. L'air de Tranchefer avait la singulière propriété d'exciter l'appétit.

– Je peux ? demanda le commissaire en soulevant son assiette et en désignant du menton le chat qui attendait, impassible, assis au pied de la chaise. Depuis le début du repas, Georges tentait d'apitoyer l'invité en l'hypnotisant d'un regard souffreteux d'animal sous-alimenté. Sans grand succès. Sa cloche distendue contredisait son regard. Le profil du chat ne donnait pas à penser qu'il pût souffrir de sous-alimentation. Ou alors, c'est qu'il s'agissait d'une chatte et non d'un chat. Et qu'elle attendait pour bientôt des naissances pour le moins prodigieusement multiples, comme en témoignait son éternelle et impressionnante convexité.

– Bien sûr... répondit Charles.

Le commissaire recula sa chaise pour dégager sa surcharge pondérale sous-stomacale. Il y avait quelque chose d'un peu barbare à imaginer que le demi-poulet qui s'y trouvait présentement, méticuleusement mâchouillé, carnassièrement concassé, resplendissait de vie la veille encore. Et dire que le pauvre animal qui, naguère, gambadait sous le soleil et piquetait la terre fraîche à la recherche de lombrics, entamerait bientôt le long transit intestinal au terme duquel il réintégrerait le sol nourricier. Poussière tu es ! disait l'autre. Oui, assurément c'était tout à fait barbare. Mais qu'est-ce que c'était bon !

– Votre cuisinière est vraiment épatante ! fit remarquer Charles en déposant son assiette sous le nez de Georges.

Le chat s'abstint de tout commentaire pour se concentrer sur le recyclage de la carcasse, mais il n'en partageait pas moins l'enthousiasme du visiteur. Germaine était une excellente cuisinière.

— Ce que vous me dites là est fort intéressant, monsieur Bernstein. Ainsi votre neveu aurait localisé une cinquième statuette susceptible d'intéresser nos mystérieux voleurs ?

– Plus que susceptible, commissaire. Elle leur est indispensable.

– Avez-vous prévenu les autorités compétentes ?

– Ma foi... Mon neveu a un peu tendance à penser qu'il incarne l'autorité compétente. Sans vouloir vous froisser.

– Il y a, monsieur Bernstein, qu'en omettant de faire part à la Police de ses soupçons, il se rend d'une certaine manière complice des personnes qui commettent ces méfaits.

– Tout de même !

– Je vous assure…

– Je ne crois pas que Salomon se rende bien compte. Vous savez, il n'est pas comme tout le monde.

– Je m'en suis aperçu. Votre neveu a une forte personnalité. Et c'est un véritable érudit. J'ai lu quelques-uns de ses ouvrages. Impressionnant !

– Salomon était un enfant brillant. Il l'est resté. Que pouvait-il faire d'autre ?

Mortimer s'appuya au dossier de sa chaise. Gérard s'approcha et posa sa tête sur le genou du commissaire. Il lui adressa un regard attristé qui signifiait : “Et moi ? Tu ne m'as rien donné à manger ?”

– Désolé, mon vieux ! dit le commissaire en grattant le nez du chien. Ton copain le chat a tout englouti.

Puis il se tourna vers Charles et admit :

– Rien, monsieur Bernstein. Je pense qu'il ne pouvait rien faire d'autre. Mais à mon tour de faire ce que je dois faire.

Mortimer se leva en s'essuyant une dernière fois la bouche avec sa serviette. Charles l'imita et, d'un geste de la main, lui désigna la porte qui donnait sur le couloir.

– Je suppose que vous souhaitez téléphoner, commissaire ? C'est par là.

Charles fit jouer la poignée et repoussa le lourd battant de bois.

– Je vous précède, si vous le permettez.

Il s'avança dans le couloir qui s'étirait à l'arrière du bâtiment, éclairé par quelques étroites ouvertures pratiquées dans le mur extérieur. Mortimer apprécia la fraîcheur du passage. En observant la découpe biseautée de la plus proche fenêtre, il constata que la muraille avait presque un mètre d'épaisseur.

– Ce mur date du XVIe siècle, précisa Charles en remarquant l'intérêt d'ordre architectural manifesté par son invité.

– On n'en fait plus des comme ça ! dit le commissaire.

– On n'en fait plus, Dieu merci, confirma Charles. L'hiver, c'est une vraie glacière.

Charles s'arrêta devant la première porte sur sa gauche.

– C'est ici, dit-il.

La salle de séjour était plongée dans la même pénombre que la veille. Charles donna un peu de clarté en écartant les volets de l'une des fenêtres.

– Faites comme chez vous, dit-il en désignant du geste un des combinés téléphoniques. Je vous sers quelque chose ? J'ai un petit armagnac d'il y a quelques siècles.

– Va pour l'armagnac. Mais juste une lichette. Je n'ai pas l'habitude.

– Elle est de celles que l'on prend sans peine, commissaire.

Tandis que Charles se dirigeait vers le bar, le commissaire Mortimer décrocha et composa rapidement un numéro. A l'autre bout du fil, quelqu'un décrocha presque immédiatement.

– Inspecteur Meyer, fit une voix d'homme.

– Ici Mortimer. Du neuf ?

– Rien du tout, patron. Et vous ?

– Ça se pourrait. Dis-moi, Meyer, peux-tu contacter pour moi la gendarmerie de Locroel…

Mortimer épela le nom du port breton, ajouta :

– Qu'ils me rappellent immédiatement. Ici même. Ça urge. Tu as le numéro ?

Meyer lâcha une série de chiffres que Mortimer répéta à l'intention de Charles. Celui-ci acquiesça d'un mouvement de la tête.

– C'est bon. Je compte sur toi.

Il raccrocha.

Charles s'avança en tenant devant lui un plateau garni de deux verres anciens en cristal et d'une bouteille arrondie un peu poussiéreuse.

– …Vous allez m'en dire des nouvelles, commissaire.

Les deux hommes en étaient à leur troisième "lichette" lorsque le téléphone sonna enfin. Mortimer décrocha et se présenta. Son interlocuteur avait un fort accent méditerranéen. Ce détail amusa le commissaire, mais ne l'étonna pas : les gendarmes en début de carrière bénéficiaient toujours d'une affectation au fin fond de nulle part. Dans l'armée, on appelle cela "voir du pays". Mortimer demanda à parler au brigadier, précisant qu'il avait de bonnes raisons de croire qu'un vol risquait d'être commis au musée de Locroel.

– Bonne Mère ! s'exclama le jeune gendarme avé l'accent. Ça s'est passé cette nuit, monsieur le commissaire ! La brigade est sur les lieux.

– Vous pouvez faire suivre mon appel ?

– Pas de problème.

– Oui, fit presque aussitôt une grosse voix bourrue.

Nettement moins ensoleillée. Bien plus couleur locale. Mortimer eut envie de demander au brigadier s'il portait des moustaches.

— Ici le commissaire Mortimer, de l'Office Central pour la Répression du Vol d'Œuvres et d'Objets d'Art. Un vol a été commis au musée ?

– Cette nuit même. Une espèce de statue en bois.

– Il y a de la casse ?

– Pas la moindre. Le voleur a ouvert la porte du musée sans forcer la serrure.

– Un seul objet a disparu ?

– Le concierge le confirme. Attendez, j'ai noté ce qu'indique la plaque, devant la vitrine. Ah ! Voilà : « Lewokassar. Messager des Dieux de l'île de Saumwatu. Don de Gwenaël de Kervadec. » Ça vous dit quelque chose ?

– Hélas oui. Ce que nous redoutions s'est donc produit...

Le ton catastrophé de Mortimer ne manqua pas d'étonner le brigadier.

– Dites-moi, commissaire. Il y a un intérêt à voler un bout de bois sculpté qui prend la poussière ici depuis le siècle dernier sans que personne ne s'en soit jamais préoccupé ? Vous savez, je suis né à Locroel. Je peux vous certifier que ce... "Lewokassar" a toujours été dans la même vitrine. Je m'en souviens depuis que je suis en âge de me souvenir de quelque chose. L'institutrice nous faisait visiter le musée avant chaque vacance scolaire ! A mon avis, ça n'a pas la moindre valeur.

– Connaissez-vous quelque chose en matière d'Art Primitif ? demanda Mortimer, un soupçon d'ironie et un gros zeste d'agacement dans la voix.

– Rien du tout ! Mais si ça avait de la valeur, ça fait bien longtemps qu'un petit malin l'aurait barboté. Depuis le temps !

– En effet, feignit d'admettre Mortimer, pour couper court à la conversation.

Il restait quelques détails à élucider.

– Encore une question, brigadier. Avez-vous connaissance de la présence à Locroel de deux personnes à moto ? Elles seraient arrivées justement hier soir, voire au début de la nuit. Je suppose que Locroel n'est pas une bien grande localité et que les gendarmes sont les premiers avertis de tout événement inhabituel.

– Négatif, commissaire. Vous pouvez me décrire les individus ?

– Ne quittez pas.

Mortimer tendit le combiné à Charles en lui soufflant : « Décrivez-lui votre neveu et son ami. » Charles lui fit signe de garder le combiné. Il appuya sur la touche audio du téléphone, branchant ainsi le haut-parleur additionnel et le petit micro extérieur.

– Un homme d'environ un mètre quatre-vingt dix, dit-il en se penchant un peu vers le micro. La trentaine. Avec une queue de cheval et des lunettes. Il s'appelle Salomon Bernstein. Il est accompagné d'un jeune homme d'une vingtaine d'années. Cheveux très courts et blonds. Un mètre soixante-quinze. Il porte des vêtements à la coupe militaire. Il s'appelle Thomas Vandersteen, mais tout le monde l'appelle Tom. J'oubliais : ils sont en moto. Une 750 BMW.

– Ce sont les suspects ? demanda le brigadier.

– Pas du tout ! s'empressa de répondre Mortimer. Disons des auxiliaires de mon service.

– Si je puis me permettre... intervint Charles. Une de nos “auxiliaires” est également sur place depuis quelques jours, mais nous avons perdu le contact avec elle.

– Une grande blonde très... “physique” ?

– Oui.

– Elle ne passe pas inaperçue ! Elle est descendue à l’Hôtel du Port. C’est le seul de Locroel. Je sais qu’elle a loué une barque avant-hier pour se rendre sur un îlot au large.

– Vous l’avez vue, aujourd’hui ?

– Négatif.

– Essayez de la localiser, brigadier, intervint le commissaire. Il est possible qu’elle ait des problèmes.

– Vous m’envoyez quelqu’un ? dit la voix au bout du fil, de moins en moins bourrue. Mortimer imaginait les pointes de la moustache du brigadier pendouiller de plus en plus lamentablement. Le pauvre homme commençait à se sentir un peu dépassé par les événements.

– J’arrive ! lança Mortimer. Le temps de faire venir ici un hélico.

Puis il raccrocha. Se tourna vers Charles :

– Vous venez avec moi ?

– Et comment !

Charles eut une pensée fugitive pour Yasmine qui assurait, depuis maintenant une dizaine de jours, la permanence au bureau de l’Agence, en ville. La jeune femme aurait certainement été plus utile ailleurs. En particulier aux côtés de Salomon et de Tom. Elle collectionnait les ceintures noires dans tous les arts martiaux connus – et dans une demi-douzaine encore inconnus. Lorsqu’elle passait à l’action, Yasmine la gazelle du désert devenait Yasminator : un compromis entre un rouleau compresseur et une moissonneuse-batteuse.

Sûr qu'elle n'allait pas être contente de rester en arrière.

Charles ne laissa pas la pensée fugitive se teinter de culpabilité. A son âge, il n'avait plus très souvent l'occasion de monter au front. Et surtout il ne se sentait pas le courage de refuser une balade en hélicoptère.

Chapitre 7

Charles avait gratifié d'une nouvelle lichette d'Armagnac les deux verres de cristal, tout à son bonheur de disposer d'un convive appréciant à sa juste valeur un produit aussi noble. En temps ordinaires, Charles ne pouvait compter que sur lui-même pour inventer des raisons "d'arroser ça d'une petite lichette d'Armagnac" – Salomon se refusant à absorber la moindre goutte d'alcool au nom de principes que son oncle n'avait jamais bien compris. Et Charles n'aimait pas boire seul.

Mortimer reposa le téléphone et gagna l'un des fauteuils qui lui tendait les bras.

– Quarante minutes, dit-il. L'hélico sera là dans quarante minutes. Il pourra se poser facilement ?

– Il y a une clairière juste derrière la cascade. Si le pilote sait viser, il devrait y arriver.

– Il y arrivera. Dites-moi, monsieur Bernstein, j'aimerais que vous m'en disiez davantage sur cette île de Saumwatu et ce chevalier de Kervadec.

– Volontiers, commissaire.

– Je ne sais si cette affaire de vol de statuettes possède la dimension... – comment dire ? – "ésotérique" !... que votre neveu lui prête...

– Pour être tout à fait franc : moi non plus, commissaire. J'aime conserver les pieds sur terre. Il le faut bien quand on a un neveu avec en permanence la tête dans les étoiles !

– En effet...

– Commençons donc par le commencement. Santé ! dit brusquement Charles en soulevant son verre.

– Santé ! admit en écho Mortimer, en l'imitant du geste.

Les deux verres se rencontrèrent aimablement, au terme d'une élévation toute en retenue et en précision. Il y eut un léger tintement. Puis les verres, démonstration ainsi faite de leur toute nouvelle amitié, s'écartèrent et leur contenu disparut d'un trait dans les gosiers assoiffés des impénitents.

– Nous sommes donc en 1796, quelque part dans la Mer de Banda. Au cœur de l'Indonésie. Au nord : il y a les îles Moluques. Au sud : les petites îles de la Sonde et Timor.

Charles avait accompagné cette évocation d'une gestuelle appropriée, pointant les îles évoquées sur une carte imaginaire qu'il traçait dans l'air du bout de l'index, au fur et à mesure de ses besoins.

– J'avoue que je n'y passe pas souvent mes fins de semaines… dit Mortimer, impressionné par l'érudition du vieux châtelain, mais pas davantage renseigné pour autant.

– Attendez…

Charles se leva et s'installa aux commandes du Macintosh. Sur l'écran apparut un planisphère constitué de morceaux d'écorce de quartiers d'orange, posés l'un à côté de l'autre, se frôlant au niveau de l'équateur. On avait peint dessus une carte du monde.

Charles cliqua à plusieurs reprises sur une zone précise de l'écran, dans l'hémisphère sud. Une carte apparaissait un bref instant. Entre deux clics. A chaque fois, l'échelle était plus grande, la zone couverte plus petite.

– Voilà ! dit Charles au bout d'un moment. Ce petit bout qui dépasse en bas, c'est le nord de l'Australie. Vous situez mieux ?

– C'est beau la science ! admit Mortimer qui s'était approché de l'écran.

– Un simple CD-Rom. C'est surtout plus pratique que d'aller chercher une mappemonde dans la bibliothèque.

Une petite bande en haut de l'écran était couverte de symboles. Charles pointa la souris et cliqua en plusieurs endroits. La carte se modifia. Le relief des fonds marins apparut sous la forme d'une série de courbes de niveau délimitant des bandelettes d'un bleu de plus en plus profond à mesure que la profondeur augmentait. Des chiffres s'étaient inscrits ça et là.

– Regardez, commissaire. C'est une zone au relief extrêmement tourmenté. Là, c'est ce que l'on appelle la plate-forme de Sahul avec les îles de la Sonde. A l'est se trouve la plate-forme Arafura, entre la Nouvelle-Guinée et l'Australie. Vous voyez ce chiffre sur l'écran ?

– Quinze ?

– Oui. Il indique la profondeur à cet endroit de la Mer d'Arafura. Quinze mètres seulement. Alors que là, dans la proche Mer de Banda se trouvent plusieurs fosses dont celle-ci…

Petit doigt dressé à la manière d'une anglaise buvant très dignement son thé – à moins que ce ne fut à l'imitation d'un Envahisseur dans la série télé du même nom –, Charles effleurait l'écran.

– Sept mille quatre cents mètres ! s'exclama-t-il. Pas un de moins. Ici une dune au bord de la plage et là l'Himalaya. Autant dire qu'on ne sait pas grand chose de ce qui se passe là-dessous.

– Je ne vois pas Saumwatu sur cette carte, s'étonna Mortimer.

– Elle n'y figure pas. *Saumwatu n'existe pas*, commissaire.

– Pardon ? J'avoue ne pas comprendre, monsieur Bernstein.

Charles sélectionna à nouveau une partie de l'écran et en agrandit l'échelle d'un coefficient dix.

– Voilà. Le septième degré de latitude sud et le cent vingt huitième de longitude est, dit Charles en désignant les deux filets qui se croisaient à peu près au centre de l'écran.

– Quelles sont ces îles ?

– Les îles Tenggara. Les plus proches de la localisation supposée de Saumwatu sont Damar et Nila. Du moins sur cette représentation. Des îlots plus petits existent probablement – mais ignorons-les, si vous le voulez bien. Nous sommes donc en 1796, quelque part du côté de ces îles, à bord d'un navire commandé par un certain Gwenaël de Kervadec. Il se dit chevalier. Il l'est peut-être. Ce qui est certain, c'est qu'il a dépensé jusqu'à son dernier bouton de culotte pour monter cette expédition.

« Selon un de ses biographes, cet homme poursuivait un but précis : trouver et si possible explorer l'île de Saumwatu dont il connaissait l'existence grâce à des documents tombés entre ses mains dans des circonstances inconnues.

« Dans la relation de son voyage, rédigée quelques années plus tard, Kervadec invoque au contraire le simple hasard. Mais il se garde bien de préciser les raisons de sa présence en Indonésie. »

– Votre opinion ?

– Je partage celle de son biographe, un certain docteur Sardonicus. On ne se ruine pas sans raison. Or Kervadec avait liquidé tous ses biens avant de partir, à l'exception d'un manoir à demi en ruines. Je suppose que personne n'en avait voulu. Il est clair qu'il possédait une bonne raison de se conduire ainsi…

Mortimer sortit à cet instant de la poche de sa veste une pipe et une blague à tabac.

– Je peux ? demanda-t-il.

– Salomon n'est pas là : vous avez de la chance ! Faites comme chez vous, commissaire.

Mortimer bourra méticuleusement sa bouffarde. Sculptée dans un bloc d'écume, elle représentait une tête au visage barbu et jovial, avec un petit air de viking lubrique. Contrairement à la tradition, le crâne du hardi navigateur était destiné à être alimenté en tabac, et non en tord-boyaux.

– Jolie pièce ! remarqua Charles en connaisseur.

Mortimer craqua une allumette et la promena à la surface du fourneau, ponctuant le mouvement circulaire de minuscules aspirations qui claquaient comme autant de pets d'une étonnante et louable discrétion. Le tabac s'embrasa. Le commissaire lâcha quelques bouffées de fumée odorante. Charles qui était un fumeur repenti – il avait trouvé plus simple d'arrêter de fumer que d'affronter la réprobation muette mais ô combien explicite de Salomon –, reconnut le parfum de l'Amsterdamer.

– Voyez-vous, reprit-il, la narine frétillante, dans un des dialectes utilisés sur ces îles, Saumwatu signifie “l'île qui existe et qui n'existe pas”. Selon les indigènes, Saumwatu surgit des profondeurs de l'océan à certaines périodes.

« Des cérémonies y ont alors lieu et un temple est érigé à la gloire des Anciens Dieux. Lorsque le temple est achevé, il est – si l'on peut dire – "consacré" par l'assemblée des sorciers, venus de toutes les îles de la mer de Banda. C'est l'occasion d'offrandes et de sacrifices. Et puis un matin, lorsque les indigènes arrivent à l'endroit où est supposée se trouver l'île, il n'y a plus rien. Pfft ! Saumwatu a disparu. Elle a regagné les abysses. »

– C'est un vrai yo-yo cette île !

– Si l'on veut.

– Belle légende…

– Kervadec pensait le contraire.

– Et vous ?

– Ce qui n'est pas contestable, c'est que Kervadec a découvert dans cette région une île non indiquée sur les cartes de l'époque. Qu'il a exploré cette île. Et qu'il en a rapporté un assez grand nombre d'objets, prélevés dans des édifices qu'il décrit comme étant des temples.

– La région ne devait pas manquer d'îles où pas un Blanc n'avait encore mis les pieds.

– C'est certain.

– L'île découverte par Kervadec a-t-elle été à nouveau explorée ?

– Il affirme avoir été le témoin de son engloutissement. Ce qui n'a pas empêché plusieurs expéditions de se rendre sur les lieux. Pour y faire chou blanc !

– Il n'est pas rare que des îlots d'origine volcanique surgissent brusquement des flots avant de s'effondrer tout aussi rapidement.

– Certes, commissaire. Mais en général, on n'y trouve pas des témoignages d'une activité humaine.

Kervadec a visité une dizaine d'édifices religieux qu'il a estimé avoir été construits à des époques très différentes. Ses observations confirment les légendes qui circulent dans tout l'archipel.

« Cela étant, un certain nombre d'hypothèses ont été avancées au siècle dernier. Sardonicus, toujours lui, en fait état dans son ouvrage. L'une de ces hypothèses est assez intéressante. Un certain Broderick, un archéologue australien, partit du principe qu'une île avait bel et bien existé à l'endroit précisé par Kervadec. Il considéra que son "existence à éclipses" était en réalité symbolique et proposa de l'expliquer par des phénomènes naturels, en particulier météorologiques. Selon lui, à certaines périodes il devenait impossible ou au moins extrêmement difficile de repérer l'île. Il évoqua la possible formation de bancs de brume d'une extrême densité, de brusques modifications des courants marins, ou encore des changements dans l'orientation des vents dominants. Pour les indigènes superstitieux et privés d'instruments de mesure, donc habitués à se repérer avec les courants et les vents qu'ils considéraient comme immuables, ne pas trouver l'île à ce qu'ils pensaient être sa place habituelle, ne pouvait s'expliquer que par sa brusque disparition dans les flots. Sa "redécouverte" périodique, au gré de nouvelles modifications des conditions météorologiques, a donné naissance à la légende de l'île Saumwatu : *l'île qui existe et n'existe pas*. »

– Mais comment expliquer qu'aujourd'hui on ne parle plus de cette île ?

– Parce que Kervadec a effectivement assisté à sa destruction.

Mortimer s'enfonça dans le fauteuil. Il caressait d'une main le fourneau de sa pipe et semblait examiner le plafond.

– Ça se tient ! dit-il. Il faut reconnaître que ça se tient…

– Bien entendu, pour les indigènes, Saumwatu ne manquera pas de resurgir un jour ou l'autre des flots.

– Et qu'est-ce qu'elle attend ? lança le commissaire sur le ton de la plaisanterie.

Charles ne se départit pas de son sérieux. Il reprit :

– Selon la légende, les réapparitions de l'île sont annoncées par des prodiges dans les cieux, des phénomènes lumineux et acoustiques. Sardonicus parle de colonnes de lumière aveuglante qui tombent des cieux et de bourdonnements sourds.

– Évidemment…

– Qui vivra verra, commissaire !

Chapitre 8

Bras croisés dans le dos, mains jointes, Tom faisait les cent pas d'un bout à l'autre de la pièce, tout en poussant de gros soupirs.

– Bon sang… bougonnait-il. Je me demande bien ce qu'on attend pour débarquer sur ce caillou…

– Qu'on nous y invite, mon ami.

– Et l'effet de surprise ? Tu as pensé à l'effet de surprise, Salomon ? On pourrait les surprendre dans leur trou à rats et leur tomber dessus… insista le jeune homme.

Salomon posa le livre dans lequel il était plongé. Il avait passé la matinée à explorer la bibliothèque du manoir et y avait fait quelques trouvailles. La reliure de maroquin reposait sur la table basse, près du fauteuil occupé par Salomon. Il s'agissait d'un fort in-octavo signé d'un certain Jonathan Broderick.

– Je me demande comment tu peux avoir le cœur à la lecture ! reprit Tom, avec impatience.

– C'est un livre intéressant, tu sais. Nous ne l'avons pas à la bibliothèque du château mais je le connaissais par plusieurs mentions dans d'autres ouvrages. L'auteur est un archéologue australien qui a eu son heure de gloire à la fin du siècle dernier. Il expose des théories originales à propos de Saumwatu. Je suis content d'avoir l'occasion de prendre connaissance du texte intégral, c'est tout !

– C'est tout !

Tom interrompit ses allers et retours, et se planta devant l'une des fenêtres. Le ciel était découvert et le regard portait très loin. Le manoir s'élevait sur une éminence rocheuse, au bout d'une avancée de terre dans l'océan, à quelques kilomètres de Locroel. De plus, la salle de séjour où ils se tenaient était au second étage. L'océan moussu tourbillonnait à plus de trente mètres au dessous de Tom : les vagues se fracassaient au pied de l'éperon granitique, dans une projection de gerbes d'écume. Les jours de tempête, le spectacle valait certainement le déplacement.

– Toute occasion est bonne pour apprendre ! fit remarquer Salomon sur un ton sentencieux.

Le maître avait parlé. Parfois, il fallait admettre qu'il méritait son nom...

– Je dois dire que je ne comprends pas pourquoi vous ne voulez ni prévenir la police, ni passer à l'offensive ! intervint le troisième homme, occupé à préparer des cocktails de jus de fruits. Votre ami a raison, Salomon, l'effet de surprise...

– Nous ne sommes pas en mesure de surprendre quiconque. Ce n'est pas parce que l'îlot paraît désert qu'il l'est.

Salomon avait dit cela en désignant du menton la puissante longue-vue posée sur son trépied devant l'autre fenêtre de la salle de séjour, pointée vers le large.

– Je suis certain, reprit-il, que ses occupants disposent de tous les moyens de détection nécessaires pour repérer des visiteurs.

– Mais alors, pourquoi ne pas prévenir la police ?

– Elle l'est... dit tranquillement Salomon en saisissant un verre sur le plateau qui lui était présenté.

Il jeta un œil sur la pendule murale fixée entre les deux fenêtres, en plein contre-jour. Infatigable, le mécanisme égrenait son tic-tac régulier. Un court balancier se donnait des allures de puzzle mouvant, observé à travers une vitre composée de figures géométriques aux bords biseautés. Salomon pensa à l'œil d'un gigantesque insecte. A l'extrémité du balancier était fixé un disque de métal doré, rond comme un soleil. Il reporta son regard sur le cadran situé en haut de la caisse de bois ouvragée : la pendule indiquait deux heures et quart – quatorze heures quinze, traduisit son cerveau.

– A l'heure qu'il est, dit Salomon, les forces spéciales sont en route ! Il suffit d'attendre.

Puis il but une gorgée du cocktail préparé avec divers jus de fruits.

– J'adore le jus de banane... fit-il remarquer. Il dégage toute sa saveur juste après avoir été avalé, lorsqu'il n'est plus qu'un souvenir sur vos papilles gustatives. Un vrai scandale !

– Quelles forces spéciales ? coupa Tom, soudain intrigué et insensible aux considérations gustatives de Salomon.

– Le commissaire Mortimer de l'OCRVOOA, un service chargé de la lutte contre le vol d'œuvres d'art, devait venir au château aujourd'hui même, en fin de matinée. Oncle Charles l'aura mis au courant de la situation. J'en déduis très logiquement que Mortimer aura aussitôt contacté la gendarmerie locale, ici à Locroel, pour apprendre le vol de notre ami Lewokassar...

Salomon désigna d'un geste de la main la statuette posée sur la table, près de son fauteuil. Haute d'une quarantaine de centimètres, sculptée dans une pièce de bois sombre au grain imperceptible, elle représentait une créature humanoïde. La tête était trop large au niveau des tempes pour être celle d'un être humain, le front trop haut. Les lèvres étaient à peine esquissées, les oreilles inexistantes.

Salomon posa son verre et se mit à caresser du bout des doigts le corps stylisé : il donnait une impression de fragilité, avec ses bras menus et trop longs, plaqués contre les cuisses, et qui se terminaient par des mains à quatre doigts.

Le plus étrange, c'était les yeux énormes, globuleux, taillés dans une pierre qui était peut-être du jade, gros comme des œufs de pigeon.

Lewokassar exerçait une étrange attraction sur Salomon. Une fascination impossible à expliquer de manière rationnelle.

– Je ne connais pas personnellement Mortimer, reprit-il.

Il clignait des paupières, comme s'il avait du mal à s'extraire d'un songe, d'une sensation d'irréalité.

« Mais je suis prêt à parier qu'il aura décidé de se rendre ici sans tarder. Et la meilleure manière de ne pas tarder est de faire appel à un hélicoptère. Voilà pour les "forces spéciales" ! »

– Joli raisonnement, mon cher Salomon. Digne de Sherlock Holmes. Et pensez-vous que votre commissaire Mortimer aura également deviné l'identité des auteurs de ce dernier vol ?

– Il n'y a pas la moindre chance ! trancha Sherlock, d'un ton assuré.

Après décryptage, cela signifiait : « Mortimer est loin d'être un idiot, mais tout de même… »

Il arrivait à Salomon de souffrir de légères crises d'autosatisfaction. Rien de grave. Elles n'étaient que l'expression de ce que Charles appelait un “vague complexe de supériorité”. Mais après tout, était-ce sa faute s'il comprenait avant les autres, résonnait plus vite et concluait mieux que les autres ? Était-il responsable lorsque la tournure des événements lui donnait (systématiquement...) raison ?

– Et puis... reprit Salomon en s'amusant de l'air contrit de son hôte, il ne s'agit pas véritablement d'un vol, mais d'un simple emprunt. Qui plus est dans l'optique d'éviter un véritable vol !

– Vous me rassurez.

– Aucun tribunal ne vous refuserait les circonstances atténuantes.

A l'autre bout de la pièce, Tom éclata de rire. Salomon se tourna vers lui :

– N'oublie pas que tu es complice !

– Très drôle ! lâcha Tom sur un ton signifiant très précisément le contraire.

– Il n'y avait pas d'autre solution, Salomon. Je devais faire tout ce qui était en mon pouvoir pour empêcher que le dernier des Messagers ne tombât entre des mains mal intentionnées. Il en va de l'honneur des Kervadec.

– Vous avez raison, Jean-Christian. Et vous avez agi comme il convenait d'agir. Mais il n'en reste pas moins qu'en pénétrant en pleine nuit dans le musée de Locroel pour y dérober cette statue, vous vous êtes rendu coupable d'un vol. Que Tom et moi n'ayons pas prévenu les autorités en vous prenant la main dans le sac, fait de nous vos complices. Même si c'est pour la bonne cause !

Jean-Christian Kervadec hocha la tête avec résignation. Il se pinça machinalement le menton entre le pouce et un doigt de la main gauche, tandis qu'il plaçait son bras droit plié contre son dos. Il commença à déambuler à son tour de long en large, dans le salon, plongé dans ses pensées. Sa calvitie naissante et sa petite taille accentuaient encore le côté “Napoléon” du personnage. Les Kervadec étaient pourtant breton de père en fils, et de l’espèce la plus bretonnante qui soit. Un drapeau nationaliste était accroché sur un des murs. Salomon l’avait tout de suite remarqué dès qu’il avait pénétré dans la pièce. Il n’en avait pas vu depuis bien longtemps – plus précisément depuis ses années d’université, lorsqu’il était invité par ses condisciples bretons aux beuveries qu’ils organisaient avec régularité.

– Je ne savais pas que c’était contagieux ! remarqua Tom qui, quelques minutes plus tôt, arpentait la pièce de la même manière.

Kervadec le regarda sans comprendre.

– Comment avez-vous deviné que l’auteur des vols précédents était votre cousin ? demanda Salomon.

Leur hôte s’arrêta. Puis il prit place dans un fauteuil, de l’autre côté de la table basse. Tom avait quitté son poste d’observation. Il pouvait bien détacher un instant ses regards de l’îlot lointain, il ne disparaîtrait pas à la manière de Saumwatu.

– Puisque vous avez lu la relation de la découverte de Saumwatu et son exploration par mon ancêtre, Gwenaël de Kervadec, ainsi que le livre qui a été consacré à toute cette affaire par Isadora Ducasse, vous en savez presque autant que moi…

– Isadora Ducasse ? s’étonna Salomon.

– Elle utilisait le pseudonyme de “Docteur Sardonicus”. Ducasse était son véritable nom. Je pensais que vous le saviez.

– Non ! Dites-moi, y a-t-il un rapport avec Isidore Ducasse, l'auteur des *Chants de Maldoror* qu'il publia sous le nom de plume de Lautréamont ?

– Isadora prétendait être une petite-nièce de Lautréamont. J'ignore si elle disait vrai. Vous savez, Salomon, l'affabulation est une sorte de tradition dans ma famille. Mon ancêtre Gwenaël se faisait appeler "Chevalier de Kervadec" mais je crois qu'il n'était pas plus chevalier que moi évêque de Canterbury.

– Cette Isadora Ducasse faisait donc également partie de votre famille ?

– Par alliance, oui. Elle a épousé un des petits-fils de notre chevalier, dans l'autre branche de la famille. J'avoue que c'est un peu compliqué...

Salomon regarda à nouveau la pendule murale.

– Nous avons le temps... dit-il.

Kervadec reprit :

– Quelques années après sa découverte de Saumwatu, mon ancêtre a décidé de se fixer définitivement à Locroel. Pour financer son expédition, il avait dû vendre presque tous ses biens : les tableaux, l'argenterie, les vieux meubles, bref tout ce qui se trouvait au manoir ayant quelque valeur. Il vendit aussi la plupart des terres cultivables et des dizaines d'hectares de forêt. Ma famille est une des plus anciennes de la région. Avant la révolution, nous possédions des biens. En définitive, le chevalier a vendu à temps !

« Il a simplement gardé le manoir, mais vidé de tout ce qu'il contenait, planté sur son bout de falaise, au milieu d'un domaine rétréci à une poignée d'hectares de lande inculte et de caillasse sans la moindre valeur. »

– Et l'îlot ?

– Selon certaines sources, Gwenaël l'aurait acquis à son retour. Isadora défend cette thèse. Selon d'autres, en particulier des chroniques locales, cet îlot serait le bien de la famille depuis des générations. La vérité est un compromis des deux versions. En réalité, l'îlot n'avait jamais été habité, aussi loin que l'on remontât dans le temps. On n'y a jamais découvert le moindre vestige d'une occupation humaine aux temps préhistoriques. Alors que sur la plupart des îles de la région, même sur certaines beaucoup plus petites que l'îlot Kervadec, on trouve des vestiges parfois très anciens : éclats de silex, outils de pierre, gravures sur les rochers… et, bien entendu, des mégalithes de toutes tailles.

– Étrange, en effet.

– Voyez-vous, l'endroit a toujours eu la réputation d'être… disons "hanté". Les annales locales font état de phénomènes lumineux et de soudaines perturbations magnétiques. Une fois, lorsque j'étais gosse, un pêcheur est tombé sur un banc de poissons crevés qui dérivaient à proximité, le ventre en l'air. Croyez-moi si vous voulez : il avaient été ébouillantés. Ce qui est également certain, car j'en ai été le témoin à au moins deux reprises, c'est que l'on retrouve parfois des pêcheurs complètement hébétés, leurs barques à la dérive, incapables de raconter ce qui leur est arrivé.

– C'est l'île maudite ! s'exclama Tom. Cela ressemble fort à un scénario de bande dessinée.

– Il est certes permis de rire de tout cela, mon jeune ami, répliqua Jean-Christian sur un ton offusqué. Mais cela ne contribue guère à expliquer ce qui se passe ici depuis l'aube des temps…

– Loin de moi l'idée de me moquer de ces légendes, monsieur Kervadec, dit Tom sur un ton apaisant. Je sais bien qu'il existe des phénomènes qui donnent du fil à retordre aux spécialistes de l'explication logique et rationnelle à tout prix. Mais tout cela est bien peu "concret".

– Vous voulez du concret ? Un beau jour, un autre de mes ancêtres a découvert une brèche dans la falaise de l'îlot, visible seulement à marée basse. Il l'explora et découvrit un véritable réseau de cavernes dont le plafond se situait à plusieurs mètres au dessus du niveau des flots à marée haute.

– Une sacrée planque !

– Inutile de préciser que mon ancêtre, dont l'histoire n'a pas gardé le nom, tint sa découverte secrète mais l'utilisa pour son commerce.

– Je suppose qu'il faisait de la contrebande ? demanda Salomon en souriant.

– Comme tout le monde à l'époque, dans la région ! admit volontiers Jean-Christian. Les légendes qui couraient maintenaient les populations locales à l'écart. Mon ancêtre put donc transformer la première des cavernes en un gigantesque entrepôt.

– Et les autres ?

– Je crois qu'il n'a jamais vu l'utilité de pousser plus avant ses investigations. Vous savez, c'était un homme de son temps. Il devait croire aux légendes davantage qu'il ne l'admettait. Utiliser l'îlot pour faire fructifier son commerce était quelque chose qui en valait la peine. Risquer sa vie en explorant ses entrailles en était une autre, qui plus est totalement dépourvue d'intérêt. Toujours est-il que ce gros caillou était utilisé par les Kervadec au moins depuis le début du XVIIIe siècle, pour la contrebande, mais sans leur appartenir ! Gwenaël en fit officiellement l'acquisition lorsqu'il se fixa dans la région. Je crois qu'Isadora Ducasse ignorait cette histoire, sinon elle en aurait parlé dans son livre.

– Gwenaël connaissait l'existence de ces cavernes ? demanda Salomon.

– Bien sûr ! Chez les Kervadec, on était contrebandier de père en fils. Dès son plus jeune âge, Gwenaël a trafiqué aux côtés de son père. Vu son tempérament, je suis persuadé qu'il s'est livré à une exploration poussée du réseau souterrain. Avant même que l'îlot ne lui appartienne légalement.

– Avant qu'il ne se lance à la recherche de Saumwatu ?

– Je le pense.

– Intéressant... murmura Salomon en se laissant aller à la renverse.

Il se cala le dos contre le velours du fauteuil, ferma à demi les paupières et fixa le plafond, un sourire de contentement sur les lèvres. Georges lui manquait. S'il avait été au château, le chat n'aurait pas résisté à l'envie de venir se rouler sur ses genoux. Salomon aimait peigner de ses doigts l'épaisse fourrure grise du matou. Cela aidait à la réflexion. Salomon se demanda ce que faisait en ce moment précis le trio composant la ménagerie. Oncle Charles n'avait certainement pas résisté à l'envie d'accompagner Mortimer. A moins qu'il ne se soit pour une fois montré raisonnable et ait plutôt demandé à Yasmine de se joindre au commissaire. Non. Ce n'était pas dans les habitudes de Charles de se montrer raisonnable.

Et tandis qu'une partie de son esprit planait audessus du château de Tranchefer, que ses pensées virevoltaient autour de ses compagnons préférés, de son oncle, de Yasmine... Yasmine qu'il surnommait la Puce... Yasmine la gazelle... le reste de son esprit avait pris position autour de l'îlot du chevalier de Kervadec. Il l'encerclait, l'examinait sous tous les angles, tentait d'en sonder les profondeurs inconnues et mystérieuses. Puis il y eut un déclic.

– Intéressant... murmura-t-il simplement, une nouvelle fois, sans davantage se préoccuper de la présence de son hôte et de Tom.

– Si tu nous expliquais ? demanda ce dernier, certes habitué aux manières fantasques du patron de l'Agence Arkham, mais non moins impatient de connaître les conclusions auxquelles Salomon était en train de parvenir.

– Je suis persuadé que la clé du mystère de Saumwatu se trouve sur cet îlot désolé.

– Qu'est-ce qui te le fait dire ?

– Gwenaël Kervadec ne s'est pas embarqué à l'aveuglette dans son grand voyage. Je suis persuadé qu'il a découvert *quelque chose* dans les entrailles de son îlot. Quelque chose qui l'a mis sur la piste de Saumwatu. Quelque chose qui l'a suffisamment fasciné pour qu'il décide de liquider presque tous ses biens pour réunir la somme nécessaire au financement de cette aventure.

Tom et Jean-Christian Kervadec restèrent silencieux un long moment.

– Ça se tient, dit enfin Tom.

Mais Salomon pensait déjà à autre chose.

– Cette discussion nous a éloignés de notre sujet de départ, fit-il remarquer à Jean-Christian. Nous en étions au retour du chevalier...

– A son retour, Gwenaël a donc acheté l'îlot et a fait peu à peu restaurer le manoir qui, pendant des années, n'avait été habité que par un couple de vieux serviteurs.

– D'où venait l'argent ?

– Personne ne le sait.

– Sardonicus parle de plusieurs "réceptacles du savoir", dont la possession aurait permis à votre ancêtre d'avoir accès à certaines richesses…

– C'est ainsi qu'elle désignait les Messagers : les réceptacles du savoir, un groupe de cinq statuettes supposées détenir des pouvoirs extraordinaires. Mais elle ne dit rien sur la nature de ces pouvoirs et de ces richesses.

– Nous connaissons cette partie de l'histoire, dit Salomon. Le mariage de votre ancêtre, son installation sur l'îlot, la naissance de ses deux fils, puis la première destruction des bâtiments…

– Tout cela est exact. Le fils aîné de Gwenaël a hérité du manoir. C'est mon ancêtre direct. Le fils cadet a hérité de l'îlot et y a vécu un certain temps après avoir fait reconstruire les installations.

– Jusqu'à leur nouvelle destruction, en octobre 1832, s'il faut en croire Sardonicus.

– Toujours exact. C'est d'ailleurs à l'occasion de cette destruction qu'un Messager s'est retrouvé en la possession du fils aîné du chevalier, mon "arrière-arrière-arrière-grand-père". Il en a fait don au musée local, peu avant sa mort survenue en 1888, à l'âge de quatre-vingts ans.

– Lewokassar est donc resté au musée de Locroel pendant plus d'un siècle.

– Oui.

– Et Isadora Ducasse ?

– C'est quelques années après ce décès qu'intervient Isadora Ducasse. Je ne connais rien de ses origines et de son passé, ni des circonstances dans lesquelles elle rencontra en Ecosse Erwan Kervadec, le petit-fils du cadet. Elle l'épousa et vint en sa compagnie s'installer en France.

– Avait-elle un intérêt financier dans ce mariage ?

– Non. Pas réellement. Légalement, l'îlot appartenait désormais à la branche de la famille dont je suis issu. Nul n'ayant survécu dans la seconde destruction – c'est ce que l'on pensait alors – l'aîné hérita des biens de son cadet disparu, biens qui se résumaient à ce caillou. Lorsqu'il apparut que le cadet avait survécu à l'explosion, qu'il s'était exilé en Ecosse dans le plus grand secret, et y avait fondé une famille… – comme l'attestaient des documents en la possession d'Isadora – mon bisaïeul décida de restituer son héritage à Erwan et à sa femme.

– Qui s'y installèrent ?

– Non. A ma connaissance, ils ne l'ont jamais habité.

– Et les autres Messagers ? Les quatre considérés comme détruits dans l'explosion de 1832 ?

– Il apparut que le cadet s'était enfui en les emportant. Trois statuettes apparurent sur le marché de l'art, probablement à sa mort. Vous connaissez leur histoire. En menant des recherches, j'ai acquis la conviction que les descendants du cadet – Erwan ou son père – avaient conservé le dernier Messager : Balatmada. Dans son ouvrage paru en 1913, Isadora Ducasse, alias Isadora Kervadec par alliance, alias le Docteur Sardonicus, localise la plupart des quelques deux cents objets rapportés par

Gwenaël de son exploration de Saumwatu. A cette époque, Balatmada était, j'en suis persuadé, entre les mains de son mari Erwan.

– Pourquoi n'en parle-t-elle pas, alors ? s'étonna Tom, qui avait jusqu'à présent suivi la conversation sans mot dire.

– Parce qu'elle ne le savait pas ! intervint Salomon. Je suis persuadé que cette femme s'employait à manipuler son mari, dans le but de s'emparer du secret de l'îlot. Mais en réalité, c'est Erwan Kervadec qui la menait par le bout du nez, ou plutôt par le bout de sa cupidité ! Il s'est servi de son argent pour quitter l'Ecosse, rentrer en France, et entreprendre la reconquête de sa part de l'héritage.

– Reconquête facile... fit remarquer Jean-Christian. Nul dans ma famille n'a jamais contesté le bien-fondé de ses demandes. Il était l'héritier direct et unique du fils cadet du chevalier. Il était donc juste de lui restituer l'îlot.

– Et ensuite ?

– Les deux branches de la famille se sont écartées l'une de l'autre, comme cela arrive souvent. Les descendants d'Erwan ont émigré en Australie tandis que ma famille s'installait à Paris. Pendant près de vingt ans, ce manoir n'a été pour moi que le lieu où je passais toutes mes vacances scolaires. A la fin de mes études, j'ai décidé de m'y installer. J'ai cette année quarante ans et j'y habite désormais depuis plus de quinze ans.

– Vous ne vous ennuyez jamais ? demanda Tom.

– On ne s'ennuie jamais, jeune homme, lorsque l'on fait fonctionner son esprit. En quinze ans, je n'ai même pas lu le dixième de ce que renferme la bibliothèque !

– Et l'îlot ?

Un sourire un peu triste naquit sur le visage de Jean-Christian Kervadec.

– Je vais vous étonner, dit-il... Je n'y ai jamais mis les pieds... Je suis assez curieux de nature, mais je crois que certains mystères doivent demeurer des mystères.

Une nouvelle fois, Salomon se laissa aller à la renverse dans le fauteuil large et profond. Il resta silencieux un long moment. Les yeux dans le vague, il dit enfin :

– Peut-être...

– Voyez-vous, Salomon, c'est surtout pour cette raison que j'ai dérobé Lewokassar au musée. Pour empêcher celui qui possède déjà les quatre autres Messagers de les réunir tous, et de leur arracher leur secret.

– Vous nous avez parlé de votre cousin...

– Je l'ai rencontré à deux reprises, lorsque nous étions enfants. Il se prénomme Yannick. Même en Australie, les Kervadec maintiennent les traditions ! Sa famille était de passage en France et nous a rendu visite, une fois à Paris, une fois ici même, au cours d'un été. J'ai conservé un très mauvais souvenir de ces rencontres. Mon cousin était un monstre : cruel avec les animaux, voleur, menteur... et doté d'une intelligence prodigieuse. C'était un véritable surdoué. Une sorte de génie précoce. Mais avec le Diable au corps ! Lorsque j'ai compris que quelqu'un s'employait à réunir les cinq Messagers, j'ai tout de suite deviné qu'il s'agissait de Yannick. Si ces statuettes ont véritablement le pouvoir que leur prête la légende...

– Je pense qu'elles l'ont, dit Salomon sur un ton grave.

– Alors... Ce serait terrible si un tel pouvoir tombait entre les mains de cet individu...

Chapitre 9

Jean-Christian allait ajouter quelque chose. La sonnerie du téléphone l'en empêcha.

– Qui peut bien... ? dit-il en se levant.

– Quant on parle du loup... murmura Salomon, les traits soudain figés.

L'instant attendu arrivait enfin. Une expression de dureté qui ne lui était pas habituelle se plaqua sur son visage. Ses yeux clairs s'étaient rétrécis, au point de ressembler à deux fentes étroites au fond desquelles une lueur inquiétante s'éveillait lentement. N'aurait-ce été leur couleur, on eut dit des yeux d'oiseau de proie.

– Allô ? dit Jean-Christian, tout en appuyant sur la touche du haut-parleur extérieur, afin que ses invités puissent suivre la conversation.

– Bonjour, cousin. Comment vas-tu ? fit une voix à la fois ironique et nasillarde.

– Yannick ?

– Je ne pense pas que cela te surprenne, gentil cousin...

– Non ! admit Jean-Christian sur un ton cassant. Je savais bien que tu étais le responsable de tous ces vols.

– Sauf le dernier, cousin. Sauf le dernier ! Et c'est là la raison de mon appel.

– Je ne comprends pas...

– Ne fais pas l'idiot ! coupa la voix. Je sais parfaitement que toi et tes nouveaux amis possédez le dernier Messager. Soyons clairs et précis, veux-tu ? Tu disposes d'une heure pour me l'apporter sur l'îlot. Une heure. Pas une minute de plus.

– Et pourquoi devrais-je t'obéir ? rétorqua Jean-Christian qui avait de plus en plus de mal à contenir sa colère.

– Parce que j'ai ici une invitée du nom de Lucille. Tes amis m'entendent ?

– Oui…

– Je ne le répéterai pas : vous disposez d'une heure pour me livrer Lewokassar en échange de la grande bringue décolorée. Une heure ! C'est bien compris…

– Où ?

– Mes hommes vous attendront sur la plage. Il n'y en a qu'une sur tout le pourtour de ce caillou. Elle est facile à trouver : entre les deux pointes du côté ouest, face au grand large ! dit la voix métallique qui grésillait dans le haut-parleur.

Puis on raccrocha.

Salomon n'avait pas desserré les dents pendant toute cette conversation. Son visage avait légèrement pâli. Tom qui le connaissait bien savait que son ami venait de basculer dans cet état indéfinissable qui devenait le sien au moment où la confrontation s'avérait inéluctable.

Salomon était entré en lui-même, rassemblant et concentrant son énergie. Tom savait que l'homme enfant qui conversait avec les arbres et les oiseaux, avec le vent et les ruisseaux, venait de se blottir dans un cocon d'indifférence et de solitude, de s'enfermer dans une carapace qui l'excluait du reste de l'univers. Le moment venu, le cocon se déchirerait, la carapace éclaterait, donnant naissance à une machine de guerre redoutable et sans pitié, une machine à tuer…

Chapitre 10

L'étrave du canot déchirait les flots de toute la puissance de son moteur. Jean-Christian Kervadec tenait ferme la barre. Tom s'était installé à ses côtés, à l'arrière du bateau. Sur une couverture jetée à même le plancher, reposait la statuette de Lewokassar.

Assis en tailleur à l'avant, telle une figure de proue hiératique, Salomon défiait les éléments. Avec de quitter le manoir, il avait revêtu un justaucorps de fine toile noire, orné dans le dos d'un dragon d'or crachant des flammes couleur de sang. Il avait chaussé des sandales découpées dans la même toile, sans talon, et son front était ceint d'un bandeau de couleur blanc sur lequel quelqu'un avait tracé en rouge deux kanjis japonais. Le premier se lisait *Yama* et signifiait Montagne. Le second se lisait *Otoko* et voulait dire Homme. Un katana dans son étui de bois laqué reposait contre le banc, à l'avant.

Salomon, l'homme montagne, n'avait pas prononcé un seul mot depuis l'appel téléphonique des ravisseurs de Lucille. Il attendait que vînt le temps de l'action. Salomon, l'homme montagne, savait qu'il devrait peut-être prendre des vies, mettre un terme à des fragments d'éternité, éteindre des étoiles.

Il lui fallait encore un peu de temps pour l'accepter.

Tom observait la silhouette immobile et massive de Salomon. A dire vrai, la carrure du patron de l'Agence Arkham faisait davantage penser à un déménageur spécialisé dans les armoires normandes qu'à feu Bruce Lee. L'idée l'amusa et un vague sourire naquit sur ses lèvres. L'attitude de son ami le déconcertait tout de même. Tom avait beau connaître Salomon depuis maintenant pas mal d'années – bien avant son entrée dans l'Agence, Tom avait été coursier au quotidien *Sud Ouest*, où Salomon travaillait comme journaliste –, il ne comprenait toujours pas comment "fonctionnait" son patron. Il se sentait pourtant assez proche de lui : aucun sujet de discussion n'était tabou entre eux, et les liens qui les unissaient ressemblaient parfois à de la franche camaraderie. Mais Salomon était parfois tellement... bizarre ! Ce déguisement de guerrier Ninja, ce silence obstiné, cette attitude contemplative... Le qualificatif qui venait à l'esprit de Tom était "théâtral". Personnage principal d'une pièce dont il était également le metteur en scène, Salomon se trouvait en représentation. Même si son public se limitait à sa seule personne. Tom pensa qu'il avait peut-être besoin de tout cela : considérer la vie comme un jeu, l'univers comme un théâtre, la mort comme une simple anecdote... Des multiples facettes d'une personnalité trop complexe qui s'incarner durablement dans un seul individu...

Jean-Christian aperçut la plage et le ponton de bois alors que le canot doublait la première pointe rocheuse.

– Là ! s'exclama-t-il en désignant une petite tâche claire au sein du chaos granitique, seule voie d'accès par mer à l'îlot.

Kervadec manœuvra la barre avec habileté – il n'était pas pour rien le dernier rejeton d'une lignée d'hommes ayant aimé l'océan passionnément ! – et amena le canot tout contre l'alignement de pieux à demi immergés, sur lesquels s'appuyait la passerelle de planches disjointes. Tom lança un cordage dont la boucle se referma autour d'un pieu dépassant de la passerelle. Le canot glissa sur son erre quelques mètres encore, Tom donnant du mou à la corde par petites touches. L'embarcation finit par s'immobiliser. Tom fixa alors une seconde amarre.

– Votre technique n'est pas très orthodoxe, jeune homme, remarqua Jean-Christian en souriant. Mais je dois reconnaître qu'elle ne manque pas d'efficacité.

Il grimpa le premier sur le ponton. Tom lui passa la statuette, puis escalada à son tour la volée d'échelons de bois. « Tu viens ? » dit-il en se retournant. Il s'apprêtait à tendre la main à Salomon pour l'aider à grimper, lorsqu'il s'aperçut que le canot était vide. L'Homme Montagne s'était volatilisé. Un cri perçant déchira à cet instant le ciel immobile. Un oiseau de mer planait au-dessus de l'îlot. Le vent ébrouait les longues plumes qui soulignaient de noir et de blanc l'extrémité de ses ailes déployées.

A l'extrémité du ponton, là où le plancher de bois se confondait avec le sable et les caillasses, au-delà de la plage et des coulées d'écume qui s'y dessinaient à chaque vague, deux hommes apparurent, armés de pistolets mitrailleurs qu'ils tenaient pointés devant eux.

– Voilà le comité d'accueil ! remarqua Tom, avec une insouciance affectée.

D'un mouvement de son arme, l'un des nouveaux venus leur fit signe de quitter le ponton et de rejoindre un sentier vaguement tracé dans le sable, et qui s'enfonçait vers l'intérieur des terres. Jean-Christian saisit la statuette dans ses bras, comme il l'aurait fait d'un petit enfant, et obtempéra. Tom lui emboîta le pas. Ils arrivèrent bientôt à la hauteur des deux hommes et purent détailler leurs traits. Le plus grand avait un visage osseux : le nez assez long et très droit, les joues creuses, les lèvres minces surmontées d'une fine moustache. Enfoncés dans leurs orbites, ses yeux brillaient d'un étrange éclat. Il portait un chapeau de feutre clair et un costume de bonne coupe. L'homme avait l'air intelligent. Davantage en tout cas que son compagnon : une brute épaisse et boursouflée, aux traits lourds, aux sourcils épais, à la chevelure broussailleuse. La trogne parfaite d'un méchant de service doublé d'un idiot congénital ! Fagoté comme un sac de pommes de terre, il avait tout de la caricature et paraissait sorti d'un film policier des années cinquante. Tom pensa un instant que l'attitude des deux hommes était... comment dire ? Qu'elle avait quelque chose d'affectée, et même de calculée. Comme s'il s'était agi avant tout de les effrayer. A nouveau, il eut l'impression de participer à une représentation théâtrale. Les armes pointées vers eux n'avaient pourtant rien de factice.

– Et l'autre ? demanda soudain le gros, sur un ton agressif et en dirigeant le canon de son pistolet-mitrailleur vers le ventre de Tom.

Celui-ci ne se départit pas de son flegme. Pour toute réponse, il leva lentement un bras et montra du doigt un rapace qui tournoyait dans le silence azuréen.

– Tu te fous de ma gueule ? aboya l'homme en frappant de l'extrémité du canon.

Tom eut le réflexe qu'il fallait. Il contracta ses abdominaux et creusa sa silhouette pour amortir le coup. Il recula tout de même d'un pas en grimaçant sous l'effet de la douleur qui irradiait dans sa poitrine, et porta ses mains sur son ventre.

– Vous avez tort de ne pas me croire... lâcha-t-il en ricanant.

Il en aurait fallu bien davantage pour que Tom se départisse de son insolence habituelle. Piqué au vif, le gros redressa son arme, crosse en avant. Tom se protégea le visage des deux mains, en faisant mine de paniquer. En réalité il ne souhaitait qu'une chose : que son agresseur perde son sang-froid et se précipite sur lui. Dans un corps à corps, la pratique qu'il avait des bagarres dans les cités lui aurait conféré un avantage certain.

– Arrête, Boris ! ordonna l'individu en costume. Le patron a dit sans violence inutile.

L'homme des cavernes s'arrêta net, comme un bull-dog bien dressé. Il fit une moue dédaigneuse et grommela quelques mots, avant de cracher par terre. Puis, d'un mouvement de son arme, il signifia à Tom et Jean-Christian d'avancer.

– Vous étiez trois à bord de cette barque, reprit l'élégant au visage osseux. Où est votre compagnon ?

Tom et Jean-Christian ignorèrent ostensiblement la question.

– Très bien. De toute façon, ça n'a aucune importance ! Je ne vois pas ce qu'un homme seul pourrait tenter contre nous ! ajouta-t-il en tapotant la crosse de son pistolet-mitrailleur.

Tom se contenta d'un petit sourire ironique. Ces deux-là ne savaient pas à qui ils risquaient d'avoir bientôt affaire...

Quelques instants plus tard, le petit groupe disparaissait au tournant d'un gros rocher et s'enfonçait vers l'intérieur de l'îlot.

Quelques instants plus tard, Salomon émergeait sans bruit. Il resta tapi un long moment sous l'abri du ponton, reprenant son souffle, craignant peut-être que l'un des malfaiteurs ne se fût posté en embuscade, afin de surprendre un éventuel poursuivant. Le silence qui était retombé sur les lieux l'incita enfin à gagner la barque. Quelques brasses vigoureuses, et il se hissa bientôt à son bord d'une détente puissante. L'Homme Montagne saisit alors le katana qu'il avait glissé sous le banc, près de la proue de l'embarcation, juste avant de fausser compagnie à ses amis, puis il escalada la volée de barreaux permettant d'accéder au ponton. Il s'accroupit une instant et observa le ciel. Tout là-haut, un albatros décrivait de larges cercles. Salomon courut jusqu'à la plage puis il disparut dans la direction indiquée par l'oiseau.

Précédés du grand maigre, Tom puis Jean-Christian se hissèrent tant bien que mal jusqu'au plateau qui couronnait l'îlot, l'un et l'autre s'entraidant pour faire suivre à la statuette le même chemin. Celui que son compagnon avait appelé Boris – le petit gros à l'air borné – fermait la marche. Parvenu sur le rebord rocheux, le quatuor se dirigea sans tarder vers les ruines que l'on apercevait, une cinquantaine de mètres plus loin.

Un second groupe de quatre personnes apparut alors entre deux fragments de muraille, comme surgi des entrailles du plateau. Tom qui avait une excellente vue, reconnut la silhouette élancée et le casque d'or de Lucille. Un homme armé d'un pistolet l'obligeait à avancer en lui maintenant un bras plié dans le dos. Également muni d'une arme automatique, un second individu se tenait un peu en retrait, aux côtés d'un personnage de petite taille – pour Tom, la petitesse chez un individu de sexe masculin commençait en dessous d'un mètre soixante-quinze... "développement vertical" que lui-même atteignait de justesse ! L'homme était vêtu d'un costume de couleur anthracite, dont la coupe stricte et totalement démodée évoquait un habit de clergyman. Il avait une tignasse fournie d'un roux éclatant, presque rouge dans la lueur rasante du soleil moribond.

Les nouveaux venus s'avancèrent à la rencontre de Tom et de Jean-Christian, toujours flanqués de leurs gardes du corps. La scène avait quelque chose d'incongru. On eut dit une réunion au sommet entre des représentants de deux familles maffieuses – si ce n'était qu'il y avait dans les deux camps des bons et des méchants, les derniers possédant indiscutablement l'avantage des armes et du nombre.

– Content de te revoir, gentil cousin ! lança le petit homme roux à l'adresse de Jean-Christian qui étreignait toujours la statuette de Lewokassar.

– Permets-moi de ne pas partager ta bonne humeur ! ironisa Kervadec qui avait immédiatement reconnu son cousin. Finissons-en. J'ai apporté ce que tu voulais. Dis à tes hommes de libérer la jeune femme.

– Ptfff... souffla le rouquin, les poings vissés sur ses hanches.

Son goitre naissant se gonfla un peu, lui donnant l'apparence d'un gros crapaud noir et rouge.

– Tu l'as promis… insista Jean-Christian.

– Imbécile ! gargouilla le crapaud.

Un sourire fin comme une lame de rasoir s'étira sur ses lèvres. Il reprit :

– Tu me crois assez stupide pour laisser des témoins derrière moi ?

– Tu… Tu ne vas tout de même pas…

– Mon pauvre cousin… Tu es vraiment naïf !

– Où est Salomon ? murmura alors Jean-Christian en s'approchant de Tom.

Il sentait la peur s'insinuer en lui. Son cousin était parfaitement capable de les faire abattre sur-le-champ, sans autre forme de procès.

– Silence ! aboya le dénommé Boris en frappant Jean-Christian dans le dos, d'un brutal coup de crosse.

Sous la douleur, il chancela et laissa échapper la statuette de Lewokassar qui roula sur le sol couvert d'une herbe sèche et rase.

– Salopard ! s'exclama Tom qui, les poings serrés, s'avançait vers Boris.

Celui-ci releva son arme. L'expression de joie carnassière qui animait son regard ne laissait planer aucun doute quant à ses intentions.

– Tue-les ! ordonna le rouquin.

A cet instant précis, un appel strident retentit juste au-dessus de leurs têtes. Le gros Boris esquissa le geste de lever son arme, en direction de l'oiseau fou qui venait de s'engager dans une spirale descendante. Alors, tout alla très vite. Salomon – dont nul ne soupçonnait la présence – bondit du rocher sur lequel il s'était hissé en silence. On entendit une sorte de froissement. On vit ou l'on crut voir un brusque éclat de lumière sur une lame d'acier. Boris lâcha son arme et s'écroula, assommé net. Il ne se rendit même pas compte de sa chance : Salomon – à qui toute forme de violence répugnait – avait frappé du plat de la lame, alors qu'il aurait tout aussi bien pu trancher la gorge du gredin.

L'Homme Montagne roula sur le sol.

Il se releva d'une brusque détente, son katana à la main. Il tourna sur lui-même et asséna un violent coup de pied à l'homme au visage osseux qui, atteint en plein sur la tempe, s'écroula mollement.

Là-haut, dans le ciel, on distinguait à peine une forme puissante qui s'éloignait à tire d'ailes…

– Comment a-t-il fait ça ? demanda Jean-Christian interloqué.

Il n'en croyait pas ses yeux et étreignait la statuette du Messager qu'il avait ramassée, peut-être pour se raccrocher à quelque chose de tangible, de palpable.

– Quoi ? dit Tom d'un air candide.

– Mais ça ! Enfin…

Sa voix avait grimpé dans les aigus.

– Il les a tués ? demanda-t-il en déglutissant péniblement.

– Je ne crois pas.

– Mais… mais…

– Calmez-vous, Jean-Christian ! Tout va bien… dit Tom en lui tapotant sur l'épaule. Salomon fait parfois des trucs assez dingues. Mais il est comme tout le monde : il lui arrive de se couper en se rasant.

La scène toute entière s'était passée en une fraction de seconde. Le rouquin était pétrifié. L'homme de main qui se tenait à ses côtés bondit en direction des proches rochers, et tenta de se mettre à l'abri, tandis que celui qui tenait toujours Lucille s'écartait à son tour de son patron.

– Les rats quittent le navire ! fit remarquer Tom.

Mais Jean-Christian n'entendit pas la réflexion de son ami. Une tempête de sable se déchaîna brusquement sur le rebord du plateau rocheux, accompagnée d'un vrombissement assourdissant. Un hélicoptère de la Police Nationale venait de surgir ! Penché sur son siège mais maintenu par des sangles de sécurité, le commissaire Mortimer, son arme de service dans une main, un porte-voix dans l'autre, s'écria d'une voix autoritaire :

– Rendez-vous !

L'hélicoptère s'était approché de l'îlot en rasant les flots, restant invisible du sommet du plateau. Il se maintenait désormais en vol stationnaire, juste au-dessus du rouquin, le noyant dans un tourbillon de sable.

– Vous êtes cernés ! ajouta Mortimer pour faire bonne mesure. Ou peut-être parce qu'il avait conscience d'être plongé en pleine aventure, et qu'il devait donc se comporter comme un *personnage* digne de ce nom.

A ses côtés, on distinguait la figure joviale d'Oncle Charles qui n'en espérait pas tant ! Quelle aventure ! Et pour une fois, il se trouvait aux premières loges.

– Rendez-vous ! répéta Mortimer.

L'homme qui cherchait à s'échapper était sourd ou idiot. Il leva son pistolet vers le ventre rebondi de l'hélico. Mortimer, qui avait sûrement lu la plupart des Séries Noires et vu plusieurs fois tous les films de James Bond, savait qu'une balle bien placée – par exemple dans un des rotors – pouvait compromettre sérieusement ses chances de regagner indemne le pavillon de banlieue qu'il avait acquis à crédit et qui était presque fini de payer. Il visa rapidement et appuya sur la détente de son arme de service. Touché au bras, le malfrat poussa un cri de douleur et lâcha son automatique.

Pendant ce temps, Salomon s'était avancé à la rencontre du dernier bandit, lui coupant toute retraite possible. D'une clé au bras, l'homme maintenait toujours Lucille devant lui, comme un bouclier.

– Lâche-là, sinon… dit simplement Salomon.

– Sinon quoi ? ricana l'homme.

Mais son rire manquait de conviction. Il n'eut pas le temps de corriger le ton de sa réplique. Lucille tenta sa chance. Elle écrasa de son talon le pied droit de l'homme qui relâcha son étreinte. Pivotant sur elle-même, elle le frappa alors au plexus solaire d'un puissant coup de coude. L'homme émit un vague hoquet et s'écroula comme une masse.

– Sinon… rien ! dit Salomon.

Lucille se précipita dans les bras puissants de l'Homme Montagne qui l'enlaça tendrement, lui murmurant des mots doux au creux de l'oreille.

L'étreinte durant, Tom rejoignit le couple toujours enlacé et, se raclant la gorge pour cacher sa propre émotion – et peut-être pour dissimuler la pointe de jalousie qu'il sentait s'immiscer entre ses côtes –, dit simplement :

– Il en reste un…

Le chef de la bande, en effet, profitant de la confusion, s'était précipité à l'abri des ruines avant de disparaître.

– Cet îlot est un vrai gruyère ! Nous n'avons pas la moindre chance de le retrouver dans le réseau des galeries… répondit Salomon. De toutes façons, ça n'a plus la moindre importance.

Puis, comme s'il sortait enfin d'un rêve éveillé, il ajouta d'un ton vif :

– Il faut décamper d'ici ! Et rapidement ! *Ils* ne vont pas tarder…

Chapitre 11

Quelques minutes seulement après que Tom eut largué les amarres, que Jean-Christian ait lancé le canot droit vers le continent, un étrange et sourd bourdonnement commença à se faire entendre. Et, tandis que, filant à vitesse maximale, le canot s'éloignait aussi rapidement que possible de l'îlot, le bourdonnement croissait en intensité, parvenant même à couvrir le bruit du moteur tournant pourtant à plein régime. N'y tenant plus, les passagers plaquèrent leurs paumes contre leurs oreilles : Jean-Christian, qui s'efforçait de maintenir la barre de direction coincée sous son aisselle, la guidant de son coude… Tom, agenouillé sur le plancher, la tête entre les genoux, geignait comme un enfant… Lucille, blottie contre un Salomon tout autant affecté que ses compagnons par l'agression sonore.

La fréquence grimpa subitement de plusieurs octaves. Le bourdonnement se fit stridence. Jean-Christian lâcha la barre de direction. Un peu de sang perlait à la base de son nez. Il voulut se lever, fit quelques pas d'une démarche hésitante avant de s'effondrer sur le fond du bateau. Salomon et Tom lui couvrirent immédiatement le visage de la couverture sur laquelle reposait la statuette de Lewokassar. Ils s'efforcèrent d'isoler ses oreilles avec plusieurs épaisseurs de tissu, tandis qu'ils s'employaient tant bien que mal à se protéger eux-mêmes du martèlement. Jean-Christian avait perdu connaissance. Tom menaçait de sombrer à son tour dans l'inconscience…

Le moteur du bateau s'étouffa. Juste avant que le terrible bourdonnement ne cesse d'un coup ! Plongeant la barque et ses occupants dans le silence. Un silence total, angoissant, que l'on aurait pu taillader au couteau. Poursuivant sur sa lancée, le long canot au moteur mort s'anima d'un mouvement de roulis. Il n'était plus qu'un frêle jouet, ballotté au gré des courants, des vagues et du vent. Même le clapotis de l'eau contre ses flancs avait cessé d'être audible.

Étaient-ils devenus sourds ? La pensée traversa le cerveau de Tom, le plongeant dans une angoisse innommable. Il ouvrit la bouche et hurla. Mais aucun son ne lui parvint. Il était devenu sourd et cette pensée terrifiante faillit l'engloutir. Tom parvint à prendre sur lui et observa ses amis. Ils présentaient les mêmes symptômes. Tous paraissaient avoir perdu l'ouïe.

Alors, il y eut une grande lumière blanche. Une lumière aussi froide que cruelle. Une lumière qui n'était qu'une expression du néant. Ils étaient désormais sourds et aveugles...

Et puis la lumière se fit moins éblouissante. Elle se colora de vert et de bleu, des couleurs de l'océan et du ciel. Ils voyaient à nouveau mais l'image qu'ils avaient sous les yeux était comme surexposée.

Lucille réagit en scientifique. Elle détacha les sangles de son sac à dos, le posa sur le plancher de la barque, à côté de la statuette. Elle activa l'ordinateur et pointa vers l'île tous les capteurs qu'il pouvait piloter en même temps. Une image se forma sur l'écran à cristaux liquides, nettement plus contrastée que celle offerte par la réalité à leurs sens plongés en pleine confusion. Une image sur laquelle on discernait parfaitement la silhouette de l'îlot. Mais aussi *le cylindre de lumière blanche*, source de leur aveuglement, qui montait du centre du plateau – là où se trouvaient les ruines, là où se trouvait l'accès au réseau souterrain – et s'élançait vers le ciel, pour disparaître dans les nuages. Lucille modifia l'orientation d'une partie des capteurs, les pointant vers le haut du cylindre. Sur l'écran, une forme discoïdale apparut, représentation née des calculs puissants auxquels se livrait la machine. Le cylindre de lumière qui s'élevait de l'îlot venait frapper la base de ce disque aérien. Il formait comme un tube reliant le ciel et la terre. Selon l'ordinateur, la forme avait plus de deux cents mètres de diamètre. Elle se trouvait à près de trois mille mètres d'altitude, dans une immobilité parfaite.

Alors, toujours dans un silence absolu, l'îlot commença à se désagréger. Sa silhouette se tassa, le plateau central s'émiettant peu à peu. Puis il s'engloutit dans l'océan, comme un sucre géant trempé dans du café brûlant. Au bout de quelques minutes, il n'y eut plus rien. Absolument rien. Si ce n'est quelques vagues et un peu de vent.

Le cylindre de lumière disparut.

Il s'éteignit. Comme s'il s'était agi d'un tube au néon.

– Oh ! dit Lucille.

Sur l'écran, la forme discoïdale venait également de disparaître.

– Mon Dieu, murmura Tom qui n'était pourtant pas croyant, en se relevant péniblement.

Les flots clapotaient doucement contre les flancs de la barque. Le moteur redémarra tout seul…

– Qu’est-ce qui s’est passé ? demanda Jean-Christian en se débarrassant de la couverture. qui lui couvrait le visage.

– *Ils* ont tout détruit… murmura Salomon.

Il paraissait profondément dépité.

Lucille s’assit près de lui et pris sa main entre les siennes.

– Mais j’ai tout enregistré… dit-elle. Tout !

Chapitre 12

Jamais le petit musée de Locroel n'avait été l'objet d'une telle affluence. On se pressait. On se bousculait. On trinquait et on se congratulait autour de la vitrine dans laquelle Lewokassar avait repris place.

Salomon se sentait terriblement las. Comme à chaque fois que l'on approchait de la conclusion d'une affaire. Au fond de lui pourtant, une petite voix le suppliait de ne pas se laisser aller, de conserver le contrôle de ses ressources énergétiques. Une petite voix qui affirmait que rien n'était terminé, qu'*ils* avaient certes détruit l'îlot et la gigantesque base qui s'étendait sous le plateau continental, comme autrefois *ils* avaient détruit une autre de leurs bases abandonnées, sous les yeux incrédules du chevalier de Kervadec…

Cette fois encore, *ils* avaient effacé les traces de leur présence sur la Terre depuis des temps immémoriaux, mais la petite voix susurrait qu'*ils* n'en resteraient pas là…

Salomon n'avait plus envie d'écouter la petite voix. Il se sentait fatigué. Il en allait ainsi après chaque combat. Après qu'il ait dû passer des heures à se préparer, à rassembler son énergie vitale pour la concentrant en une sphère d'une infinie densité, logée au creux de son estomac. Salomon le paisible, Salomon le rêveur… était de retour. Était-ce bien le même individu qui avait affronté les sbires à la solde du petit homme roux, habillé comme un clergyman ? Était-ce bien lui l'Homme Montagne invincible ? Le Samouraï impitoyable ?

Cet autre lui-même – Salomon le guerrier au sabre plus rapide que la foudre – avait regagné le monde onirique où il passait la plus grande partie de son existence, à attendre que l'on fît à nouveau appel à lui.

– Tu rêves ? demanda Tom en s'approchant de son ami.

– Je... Je suis un peu fatigué... bredouilla Salomon, toute superbe disparue.

En train de rêver, Salomon ? C'était tout le contraire. Salomon ne rêvait plus. Il venait même de s'éveiller.

Un large sourire illumina pourtant son visage. Le sourire de l'innocence. Le sourire de l'enfance retrouvée.

Mortimer s'avança à son tour.

– Belle cérémonie, n'est-ce pas ? Même si complètement improvisée ! Vous avez vu la figure réjouie de ce bon conservateur lorsque Jean-Christian lui a remis la statuette de Lewokassar ! L'orgueil du musée de Locroel !

– A mon avis, notre Salomon n'a rien vu, commissaire. Je crois bien qu'il dormait.

Salomon sourit une nouvelle fois.

– Tu exagères toujours ! dit-il en ébouriffant la tignasse blonde et coupée court de Tom.

– Une chance que vous ayez retrouvé cette statuette au milieu des ruines, dit Mortimer en clignant de l'œil. Juste avant d'être obligé de fuir pour cause de tremblement de terre.

– C'est la version officielle ? demanda Salomon, soudain dégrisé.

– On ne peut plus officielle ! Les cinq statuettes ont été volées par un gang de malfaiteurs spécialisé dans le trafic d'œuvres d'art et dont la base secrète, si l'on peut dire, était située sur un îlot désert, au large des côtes de la Bretagne du Sud. La police – c'est-à-dire moi-même – est intervenue pour mettre un terme aux agissements de ce gang. A ce moment même – sacrée coïncidence ! – un tremblement de terre a ébranlé l'îlot, faisant disparaître dans les flots les bandits et les objets qu'ils avaient dérobés. Sauf cette statuette que nous avons pu récupérer juste avant et qui vient d'être restituée au musée de Locroel qui la détenait jusque-là. Affaire classée.

– Personne ne vous croira ! fit remarquer Tom sur un ton ironique.

– Détrompez-vous, jeune homme. *Tout le monde* nous croira.

– Mais, commissaire, vous avez pourtant vu la même chose que nous ! insista Tom.

– *Off the record :* évidemment ! Je ne suis ni aveugle ni idiot. Mais je dois obéir aux ordres et le communiqué que nous ne tarderons pas à donner en pâture à la presse reprendra pratiquement mot pour mot ce que je viens de vous dire.

– Et d'où viennent ces ordres ? demanda Salomon.

– De tout en haut ! répondit Mortimer en désignant du doigt le plafond. Franchement, Salomon, croyez-vous que le public est prêt à admettre que des extraterrestres transforment notre bonne vieille planète en gruyère pour y installer des bases souterraines ? Qu'ils se déplacent dans des engins volants aussi larges que la place de la Concorde ? Qu'ils peuvent agir à leur guise, en toute impunité, avec l'accord au moins tacite des autorités ?

– Vous avez peut-être raison, commissaire... De toute façon, il sera *toujours* trop tôt, aux dires des puissants, pour révéler ces choses.

– C'est ce que je pense, mon ami... dit le commissaire en plaçant sa main sur l'épaule de Salomon. Au fait, vous vous débrouillez plutôt bien avec un sabre ! Un peu encombrant comme coupe-papier, mais ça doit être bien pratique pour ouvrir les enveloppes. Allez ! A la nôtre !

Mortimer leva son verre et le vida d'un trait.

– Ce petit cidre est vraiment bien agréable... dit-il, avant de s'éloigner en direction du buffet hâtivement dressé dans le hall d'accueil du musée de Locroel.

Le conservateur avait immédiatement tenu à remercier à sa manière toutes les personnes ayant contribué à la restitution de la statuette de Lewokassar. On avait posé quelques planches sur deux tréteaux. Recouverte d'un drap blanc, elles constituaient un buffet très acceptable. Le cidre coulait à flots. Les petits biscuits disparaissaient au même rythme. Cela rappela à Salomon de vieux souvenirs d'université.

– Tu restes ici ?

– Pourquoi me demandes-tu cela, Tom ?

– Je ne vais pas tarder à redescendre sur Bordeaux. J'aime bien piloter de nuit.

– Alors bonne route, vieux. Et sois prudent. Moi, je vais profiter de l'hospitalité de Jean-Christian. J'ai envie d'explorer un peu la bibliothèque du manoir.

– OK. Tchao ! Salomon.

Tom ajusta son casque noir et sortit du musée. Sa grosse BMW attendait devant le trottoir. Il l'enfourcha et actionna le démarreur. La nuit n'allait pas tarder à tomber.

Quelques minutes plus tard, le commissaire Mortimer et Oncle Charles (qui continuait de se sentir rajeuni de vingt ans) prenaient congé à leur tour. Ils gagnèrent leur hélicoptère, posé sur la place du village, devant le parvis de la vieille église. Peu après, l'engin se souleva doucement puis, le nez penché en avant. Il prit de l'altitude et disparut au-delà des toitures. De mémoire de Locroelien, on n'avait jamais vu ici une telle agitation.

Salomon ne trouvait pas le sommeil.

Les rideaux de fine dentelle oscillaient lentement devant les fenêtres ouvertes sur la nuit étoilée. Un doux murmure montait de l'océan. Parfois un mince filet d'air frais pénétrait dans la chambre, léger comme la caresse d'un ange, presque indicible.

Salomon n'était pas le seul à ne pouvoir s'endormir.

Une petite souris gratta à la porte de sa chambre. Une petite souris dotée de la parole puisqu'elle demanda dans un souffle :

– Salomon ? Tu dors ?...

Il repoussa le drap sous lequel il s'était simplement allongé, après s'être entièrement dévêtu. Il se leva, fit quelques pas sur le plancher qui gémit à deux ou trois reprises, entrouvrit la porte.

Enveloppée dans un drap, les yeux grands ouverts, aussi réveillée qu'on pouvait l'être, Lucille dit simplement :

– Je n'ai pas sommeil.

– Ah ! fit Salomon, prenant un air faussement étonné.

– Je m'ennuie... ajouta-t-elle dans un murmure.

– Entre !

Salomon s'effaça derrière la porte. Lucille pénétra dans la pièce et alla s'asseoir sur le rebord de l'unique fauteuil, face au lit défait. Salomon referma la porte et retourna s'allonger.

– Tu serais mieux ici… dit-il en tapotant de la paume la place qu'il ménageait à ses côtés.

Lucille se leva en abandonnant entre les bras du fauteuil le drap dans lequel elle s'était enveloppée pour traverser le couloir. Elle s'avança dans la clarté laiteuse qui baignait toute la pièce. Sa silhouette se découpa en contre-jour pendant un bref instant, lorsqu'elle passa devant l'une des fenêtres. Salomon constata que la jeune femme était aussi nue que lui.

Lui tournant le dos, Lucille s'allongea au bord du lit.

Salomon posa une main sur la nuque qu'il devinait offerte dans la pénombre, entre les longues mèches blondes. Sous ses doigts, il sentit les muscles noués et entreprit de les masser légèrement.

– Tu as eu peur ? demanda-t-il.

– Très peur… avoua Lucille d'une toute petite voix.

Salomon laissa ses doigts glisser le long du dos de Lucille. Parvenu au creux des reins, il sentit le corps de la jeune femme vibrer. Se sentant encouragée, sa main glissa sur le haut des cuisses, gagnant lentement le ventre à la fois ferme et souple au toucher. Sous ses doigts, la peau avait le grain d'un fruit d'été gorgé de jus. Salomon eut soudain très soif. Il accorda une dernière pensée à Bob Morane. En quarante ans d'aventures, cet idiot n'avait jamais été fichu de se trouver une fiancée ! Salomon ne se sentait pas d'humeur à terminer ses jours en vieux célibataire cacochyme, aux côtés d'un Ecossais ivrogne et éleveur de poulets. Sa main remonta pour se refermer sur un sein au galbe parfait, à la pointe délicieusement dressée. Il en ressentit un frisson presque douloureux dans le bas-ventre et se colla contre Lucille.

– Tu aurais pu trouver autre chose, souffla-t-il à l'oreille de la jeune femme. Par exemple, que tu avais peur des fantômes…

– Mais… *j'ai* peur des fantômes ! répondit-elle en se retournant vivement.

Et tandis que Salomon poursuivait des deux mains l'exploration des contrées fabuleuses sur lesquelles il venait d'aborder, Lucille se lança dans une cartographie non moins précise et tout aussi fabuleuse.

Lorsqu'elle colla ses lèvres contre les siennes et commença à les mordiller, Salomon se dit qu'il n'était pas prêt de s'endormir…

Chapitre 13

L'Arkhammobile filait en silence sur l'asphalte chaud. Telle un prédateur des jungles préhistoriques. Sa ligne surbaissée la maintenait collée au sol. Son museau effilé était pointé vers sa proie. Rien ne pouvait échapper à l'Arkhammobile.

– A quoi penses-tu ? demanda Lucille.

– A rien, mentit Salomon.

Chaque fois qu'il se trouvait dans un véhicule lancé à vive allure – de son point de vue, c'est-à-dire dépassant le quarante kilomètres à l'heure – Salomon était l'objet d'une inévitable régression mentale. Se prendre pour un shamane du néolithique sur les traces d'un troupeau de mammouths n'était pas ce qui pouvait lui arriver de pire. Tant qu'il ne se mettait pas à s'intéresser aux résultats de l'équipe de France de football…

Lucille et lui avaient passé la fin de la semaine dans la demeure familiale des Kervadec. Lucille avait voulu exploiter sans attendre les données recueillies pendant ses premières investigations – notamment la topographie du sous-sol – puis lors de leur fuite, à bord du canot à moteur de Jean-Christian, lorsqu'*ils* avaient littéralement pulvérisé l'îlot des Kervadec. « J'ai tout enregistré… » avait-elle dit à Salomon, juste après le départ du gigantesque vaisseau spatial. Lui ne faisait guère d'illusions… mais il n'avait pas voulu la décevoir.

Comme le craignait Salomon, les disquettes et les cartouches avaient toutes été effacées. Et il n'y avait aucune trace sur le disque dur des données fournies par les capteurs, pourtant décryptées en temps réel et affichées sur l'écran. Près d'un giga d'informations s'était évanoui. Le système était intact et l'ordinateur fonctionnait parfaitement. *On* avait juste pillé sa mémoire. Une véritable opération chirurgicale. Parfaitement inexplicable.

Sur le moment, Lucille en avait été affectée. Et puis elle s'était dit qu'il ne pouvait pas en être autrement. *Ils* ne laissaient rien traîner. Finalement, Jean-Christian et les membres de l'Agence Arkham embarqués dans cette affaire, s'en étaient tirés à très bon compte. Ceux qui avaient rasé l'îlot auraient tout aussi bien pu inclure l'hélicoptère de Mortimer avec Oncle Charles à son bord, ainsi que la barque et ses quatre occupants dans l'opération de nettoyage à laquelle *ils* s'étaient livrés.

De son côté, Salomon avait exploré la bibliothèque dans tous les sens, et jusqu'au moindre recoin, dénichant une douzaine de livres rares qu'il avait absolument voulu scanner. Il ne repartirait pas les mains vides, ce qui suffisait à son bonheur.

Pendant l'après-midi du quatrième jour, ils décidèrent que l'heure du départ sonnerait le lendemain matin. Lucille alla jeter un œil sur l'Arkhammobile qui n'avait pas quitté le garage de l'hôtel, puis celui du manoir, pendant toute cette aventure. Tout était en ordre. L'Arkhammobile ! Un nom de baptême trouvé par Tom pour la CX commerciale noire, transformée par Lucille en laboratoire ambulant ! Selon elle, il y avait davantage d'électronique et d'informatique embarquée dans le compartiment arrière, que dans un Boeing 747. Et presque autant que dans une fusée Ariane. De plus, en terme d'efficacité... Lucille aimait à faire remarquer que l'Arkhammobile ne s'était jamais crashée au décollage et qu'elle n'avait jamais explosé en vol. Du côté de la tuyauterie, l'engin un rien gonflé atteignait allégrement le 260 km / h chrono.

Dommage que Salomon n'accordât aucun intérêt à ces détails purement techniques, considérés par lui comme parfaitement ennuyeux. Il est vrai qu'il ne possédait même pas son permis de conduire, n'ayant jamais vu l'utilité de le passer.

Salomon se faisait donc véhiculer.

Par les uns ou par les autres.

– On est bientôt arrivé ? demanda-t-il soudain.

Lorsqu'il se déplaçait en voiture, il perdait toute notion du temps qui passe. Sourd, muet et aveugle, il se contentait de rêver en attendant d'être parvenu à destination.

– Une petite heure, dit Lucille.

Salomon se rendormit. S'il voulait découvrir l'endroit magique où ils se réunissaient pour danser, il ne devait pas se laisser distancer par le troupeau de mammouths. Au loin, en haut d'une falaise, il aperçut la silhouette massive d'un tigre à dents de sabre. Salomon se transforma en aigle et fila à sa rencontre. Le tigre savait peut-être où se cachaient les mammouths.

Achevé d'imprimer en décembre 1996
par l'imprimerie Dumas à Saint-Etienne pour le compte de

D L M
ÉDITIONS

Mas Blanes – 66370 Pézilla-la-Rivière
Tél. 04.68.92.37.36 – Fax : 04.68.92.69.51
E. mail : 106157.3570@compuserve.com

Dépôt légal : janvier 1997
Imprimeur N° 33324